BASTEI
LÜBBE

Bisher sind im BASTEI-LÜBBE Taschenbuchprogramm von ROBERT ASPRIN nachstehende Bände erschienen:

Geschichten aus der Diebeswelt
20 089 Die Diebe von Freistatt
20 091 Der blaue Stern

20 016 Ein Dämon zuviel
20 049 Drachenfutter
20 084 Ein Dämon auf Abwegen
20 085 Ein Dämon kommt selten allein
20 086 Ein Dämon macht noch keinen Sommer

Robert Asprin (Hg.)

Geschichten aus der Diebeswelt

# ZUM WILDEN EINHORN

BASTEI LÜBBE

BASTEI-LÜBBE-TASCHENBUCH
Fantasy
Band 20 093

Erste Auflage: März 1987
Zweite Auflage: August 1990

Mit Illustrationen, Karten und Erläuterungen
im Anhang von Helmut W. Pesch


Deutsche Lizenzausgabe 1987
Bastei-Verlag Gustav H. Lübbe GmbH & Co., Bergisch Gladbach
Originaltitel: Tales from the Vulgar Unicorn
Ins Deutsche übertragen von Lore Straßl
Lektorat: Dr. Helmut Pesch
Titelillustration: Walter Velez
Umschlaggestaltung: Dieter Kreuchauff
Druck und Verarbeitung:
Brodard & Taupin, La Flèche, Frankreich
Printed in France
ISBN 3-404-20093-4

# Inhalt

# Anmerkung des Herausgebers

*Dem aufmerksamen Leser fallen möglicherweise kleine Unstimmigkeiten bei den Figuren dieser Stories auf. Ihre Sprechweise, ihre Darstellung bestimmter Ereignisse, und ihre Ansichten, wer in der Stadt mehr oder weniger zu sagen hat, variieren von Zeit zu Zeit.*

*DAS SIND JEDOCH KEINE UNSTIMMIGKEITEN!*

*Der Leser sollte diese scheinbaren Widersprüchlichkeiten noch einmal genauer betrachten und dabei dreierlei bedenken:*

*Erstens: Jede Geschichte wird aus einer anderen Sicht erzählt, und jeder sieht und hört die Dinge eben ein bißchen anders. Selbst augenscheinliche Tatsachen werden durch Wahrnehmung und Standpunkt des einzelnen beeinflußt. So wird beispielsweise ein Spielmann ein Gespräch mit einem Magier anders wiedergeben als ein Dieb, der dasselbe Gespräch mit anhörte.*

*Zweitens: Die Bürger von Freistatt sind zwangsläufig mehr als nur ein bißchen paranoid. Sie neigen dazu, im Gespräch manche Dinge entweder ganz zu übersehen oder abzuwandeln. Sie tun das eher automatisch als vorsätzlich, weil es für das Überleben in dieser Gesellschaft notwendig ist.*

*Drittens: In Freistatt ist der Konkurrenzkampf groß. Man wird z. B. nicht angeheuert, wenn man von vornherein zugibt, »der zweitbeste Schwertkämpfer der Stadt« zu sein. Man schneidet also nicht nur auf, was die eigene Person betrifft, sondern setzt auch seinen gefährlichsten Rivalen herab oder ignoriert ihn. Folglich variiert die Rangordnung in Freistatt je nachdem, wer erzählt — oder mehr noch, wem man glaubt.*

# Einleitung

Kaum merklich, um ja nicht auf sich aufmerksam zu machen, drehte Hakiem, der Geschichtenerzähler, den Kopf und schaute sich über den Rand des vollen Weinbechers in der Wirtsstube um. Natürlich tat er das durch fast geschlossene Lider, damit niemand auf die Idee käme, er sei wach. Was er sah, verstärkte seinen Abscheu.

Mit dem Wilden Einhorn ging es wahrhaftig bergab. Ein Betrunkener schnarchte an der hinteren Wand. Er lag auf dem Boden in seinem eigenen Erbrochenen. Mehrere Bettler gingen von Tisch zu Tisch und störten die Stammgäste bei ihrer Unterhaltung und dem Aushandeln von Geschäften.

Obgleich er dabei keine Miene verzog, schnitt Hakiem innerlich eine Grimasse. Wenn Eindaumen hier war, duldete er dergleichen nicht. Der Besitzer und Wirt des Wilden Einhorns hatte solches Lumpenpack immer sofort auf die Straße gesetzt, kaum daß es gewagt hatte, sich hier blicken zu lassen. Zwar war die Schenke von den gesetzestreueren Bürgern Freistatts immer gemieden worden, dafür aber hatten jene, die es mit den Gesetzen nicht so genau nahmen, sich stets gern hier eingefunden, weil man unbelästigt trinken oder nicht ganz einwandfreie Geschäfte besprechen konnte. Den in dieser Beziehung guten Ruf verlor das Einhorn nun immer mehr.

Die Tatsache, daß er nicht stundenlang bei einem einzigen Becher des billigsten Weins hier sitzen dürfte, wenn Eindaumen hier wäre, kam Hakiem gar nicht in den Sinn. Er war ein begabter Mann: ein Geschichtenerzähler, ein Garnspinner, ein Träume- und Alpträumeschmied. Als solcher hielt er sich für etwas viel Besseres als die Gauner, die Stammkunden im Einhorn waren.

Eindaumen wurde nun schon lange Zeit vermißt, weit länger als während eines seiner früheren, mysteriösen Verschwinden. Furcht vor seiner Rückkehr hielt die Schenke offen und die hier Beschäftigten verhältnismäßig ehrlich, aber das Einhorn kam während seiner Abwesenheit sichtlich herunter. Viel tiefer könnte es höchstens noch sinken, wenn etwa gar ein Höllenhund anfinge, regelmäßig herzukommen.

Obwohl er zu dösen vorgab, grinste Hakiem bei diesem Gedanken. Ein Höllenhund im Wilden Einhorn! Das war unwahrscheinlich. Freistatt hatte sich immer noch nicht mit der rankanischen Besatzungsmacht abgefunden, und die fünf Höllenhunde wurden kaum weniger gehaßt als der Statthalter, Prinz Kadakithis, dessen Leibgarde sie waren. Allerdings war der Unterschied zwischen Kittycat mit seiner naiven Gesetzgebung und den Elitegardisten, die diese Gesetze durchsetzten, nicht sehr groß. Die Bürger von Freistatt fanden den Versuch des Statthalters, Recht und Ordnung in das verruchteste Loch des Reiches zu bringen, dumm und lächerlich, die Höllenhunde dagegen allzu tüchtig. In einer Stadt, in der man Köpfchen ebenso wie Geschicklichkeit brauchte, um sich überhaupt durchzuschlagen, wurde Tüchtigkeit anerkannt, wenn auch vielleicht widerwillig, Dummheit aber, vor allem, wenn sie mit Macht verbunden war, konnte nur verachtet werden.

Nein, die Höllenhunde waren keineswegs dumm. Harte Burschen waren es, erfahrene, ausgezeichnete Schwertkämpfer, Veteranen vieler Schlachten. Selten kamen sie überhaupt ins Labyrinth, und ins Wilde Einhorn schon gar nicht. Im Westteil der Stadt sagte man, daß sich nur hierherbegab, wer den Tod suchte – oder ihn feilbot. Obwohl diese Behauptung etwas übertrieben war, stimmte es, daß die meisten, die ins Labyrinth kamen, entweder nichts zu verlieren hatten, oder bereit waren, alles für das aufs Spiel zu setzen, was sie im Labyrinth zu erreichen hofften. Als vernünftige Männer würden die Höllenhunde sich also wohl kaum in der berüchtigsten Schenke sehen lassen.

Jedoch blieb die Tatsache bestehen, daß das Wilde Einhorn Eindaumens Anwesenheit dringend benötigte und seine Rückkehr längst überfällig war. Das war zumindest teilweise der Grund, weshalb Hakiem seit neuestem soviel Zeit hier verbrachte: Er hoffte, die Geschichte von Eindaumens Wiederkehr aus erster Hand zu hören und vielleicht auch, wo er gewesen war und was er erlebt hatte. Das allein hätte genügt, Hakiem immer wieder hierherzutreiben, aber was er so nebenbei, während des Wartens, nur durch heimliches Lauschen, erfuhr, war auch nicht zu verachten. Hakiem war leidenschaftlicher Geschichtensammler, sowohl aus Gewohnheit, als auch aus beruflichen Gründen, und viele Geschichten fanden ihren Anfang, ihre Mitte oder ihr Ende in diesen Wänden. Er sammelte sie alle, obwohl ihm klar war, daß er die meisten nicht weitererzählen durfte. Aber schließlich wußte er, daß der Wert einer Geschichte in ihr selbst steckt, nicht in ihrer Verkäuflichkeit.

# Samlor hil Samt

# Göttin

## David Drake

»Bei Savankala und dem Sohn!« fluchte Regli. »Warum kann sie nicht einfach gebären und es hinter sich bringen? Und warum verlangt sie, daß ihr Bruder sie besucht, und weigert sich, mich zu sehen?« Die Kleidung des jungen Edlen sah aus, als hätte er darin geschlafen. Tatsächlich hätte Regli das getan, wenn er überhaupt zum Schlafen gekommen wäre, in diesen zwei Tagen, die er nun schon vor dem Schlafgemach hin und her stiefelte, das zur Kreißkammer seiner Gattin geworden war. Immer wieder verkrampften sich seine Hände um den Schaft seiner Reitpeitsche. So manche – und nicht nur Frauen – würden sagen, daß die Erregung Reglis anerkannt gutes Aussehen noch erhöhte. Aber an so etwas dachte er jetzt nicht. Nicht, wenn es um das Leben seines Stammhalters ging.

»Na, na, na.« Dr. Mernorad strich über die silberbestickten Aufschläge seines Rockes. Der ältere Mann bildete sich etwas darauf ein, daß er die Dinge nicht nur von einer Seite sah, genauso, wie er stolz auf seine Fähigkeit als Arzt war – obgleich in Reglis Stadthaus heute weder das eine noch das andere gewürdigt wurde. »Die Götter lassen sich nicht drängen. Das Kind wird geboren, wenn Sabellia den Zeitpunkt für gekommen hält. Jeder Versuch, die Dinge zu beschleunigen, wäre nicht nur frevelhaft, sondern auch töricht. Könnt Ihr Euch vorstellen, daß es doch tatsächlich einige – nun, ich möchte sie ungern Ärzte nennen – gibt, die bei einer Entbindung mit der

Zange nachhelfen? Einer Zange aus *Metall!* Entsetzlich! Ich sage Euch, Prinz Kadakithis macht ein großes Geschrei wegen Schmugglern und Dieben, aber wenn er mit dem wirklich Verwerflichen in Freistatt aufräumen wollte, würde er mit den sogenannten Ärzten anfangen, die nicht die rechten Verbindungen zu den namhaften Tempeln haben.«

»Verdammt«, brauste Regli auf, »Ihr habt die ›rechten Verbindungen‹ zum Sabellia-Tempel in Ranke und könnt mir trotzdem nicht sagen, wieso meine Gattin schon seit zwei Tagen in den Wehen liegt. Und wenn diese verflixten Hebammen, die sich dort drinnen abwechseln, es wissen« – er deutete auf die geschlossene Tür – »rücken sie nicht mit der Sprache heraus.« Regli strich sich mit der geballten Hand über den Kranz blonder Bartstoppeln um sein Kinn. Seine Herkunft und sein Reichtum machten ihn sogar in Ranke zu einer Persönlichkeit von einiger Bedeutung. Hier in Freistatt, wo er der Schriftbewahrer des kaiserlichen Statthalters war, war er es noch weniger gewöhnt, daß nicht alles nach seinem Kopf ging. Die Tatsache, daß das Schicksal ihm in Form der einfach nicht zur Geburt führenden Wehen seiner Gattin einen Streich spielte, ergrimmte Regli in einem Maß, daß er etwas brauchte, an dem er seinen Grimm auslassen konnte. »Ich verstehe einfach nicht, weshalb Samlane keine anderen Hebammen duldet als die aus dem Heqt-Tempel«, fuhr er fort und schlug mit der Reitpeitsche nach Flecken an der Mosaikwand. »Dieser Tempel hat keinen guten Ruf, wie ich hörte. Absolut keinen guten!«

»Nun, Ihr dürft nicht vergessen, daß Eure Gemahlin aus Cirdon ist«, gab Mernorad zu bedenken, ohne die Peitsche aus dem Auge zu lassen. »Obwohl die Leute dort schon vierzig Jahre unter der Herrschaft des Reiches stehen, ist die Verehrung der Dreifaltigkeit noch nicht sehr verbreitet. Ich habe mich vergewissert, diese Frauen sind wirklich amtlich als Hebammen zugelassen. Es gibt zuviel unbegründetes Gerede unter Laien, daß ›diese Priesterschaft‹ oder ›jener bestimmte Heiler‹ nichts taugt. Ich versichere Euch, daß alle im Heilberuf Tätigen unter strenger Kontrolle stehen. Das Schlimmste, was amtlich ist – und das dürfte eigentlich das einzige sein, was zählt –, ist, daß der Hohepriester des Heqt-Tempels in Freistatt vor dreißig Jahren spurlos verschwand. Das ist zwar bedauerlich, aber nichts, was gegen den Tempel spricht.«

Der Arzt hielt inne und blies abwesend erst eine, dann die andere Wange auf, so daß die weißen Koteletten sich aufstellten »Obwohl man natürlich meinen sollte«, fügte er hinzu, »da Ihr mich ja nun gerufen habt, daß diese Hebammen einen meiner Erfahrung zu Rate ziehen würden.«

Die Tür zwischen Frühstücksgemach und Gang stand halb offen. Ein Page in der rot-goldenen Livree von Reglis Bediensteten klopfte respektvoll. Die beiden Rankaner blickten hoch und über den Pagen hinweg auf den stämmigen Mann hinter ihm auf dem Korridor. »Mein Lord«, meldete der Livrierte mit tiefer Verbeugung, »Samlor hil Samt.«

Samlor griff an dem Pagen vorbei und stieß die Tür ganz auf, ehe Regli ihn bat, einzutreten. Er hatte seinen grauen Reiseumhang abgenommen und um den linken Arm geschlungen. Er hielt ihn so dicht am Körper, daß er fast den langen Dolch in der Scheide verbarg. Wie im Norden üblich, trug Samlor Kniehose, Stiefel und einen Kittel, dessen Ärmel um die Handgelenke gerafft waren. Diese Kleidung war einfach und von unauffälligem Braun, allerdings wirkte sie nun wie weißgepudert vom Reisestaub. Als einziges Schmuckstück trug Samlor ein Lederband um den Hals, ein silbernes Medaillon mit dem Krötengesicht der Göttin Heqt. Sein breites Gesicht war tiefrot – die Hautfarbe eines Mannes, den die Sonne nicht zu bräunen vermag, der ihr aber fast ständig ausgesetzt ist. Er räusperte sich, fuhr sich mit dem Rücken seiner beachtlichen Faust über die Lippen, und sprach: »Meine Schwester schickte nach mir. Der Page sagte, sie sei dort drinnen.« Er deutete auf die geschlossene Tür des Schlafgemachs.

»Ja.« Regli blickte verwirrt auf die Reitpeitsche in seinen Händen. Der Arzt erhob sich von seinem Stuhl. »Aber Ihr seid ja viel älter, nicht wahr?« fuhr der Edle verlegen fort.

»Vierzehn Jahre«, antwortete Samlor mürrisch. An den beiden Rankanern vorbei ging er auf das Schlafgemach zu. Seinen Umhang warf er achtlos auf einen der mit Elfenbein eingelegten Tische entlang der Wand. »Man hätte wahrhaftig meinen sollen, daß sie sich Gedanken machen würden, wo doch die fünf zwischen uns Totgeburten waren, aber nein, zum Teufel, nein ... Und viel Glück hat das Luder ihnen gebracht.«

»Also wirklich!« keuchte Regli und starrte auf den Rücken des Stämmigen. »Ihr sprecht von meiner Gattin!«

Samlor drehte sich um, die Faust erhoben, um an die Tür zu klopfen. »Ihr hattet eine Wahl«, sagte er. »Ich bin der, der Karawanen durch die Berge führte, damit das edle Haus derer von Kodrix lange genug erhalten blieb, um die Tochter gut zu verheiraten – während sie herumhurte, daß die Familie sich in Ranke umsehen mußte, um außer von Freudenhäusern Angebote zu kriegen. Kein Wunder, daß meine Leute trinken.« Er hämmerte an die Tür.

Mernorad hielt den bleichen Regli zurück. »Meister Samlor«, sagte der Arzt scharf.

»Ich bin's, Samlor, verdammt!« brüllte der Cirdonier als Antwort auf eine Frage aus dem Schlafgemach. »Ich bin keine 500 Meilen geritten, um vor einer verdammten Tür zu warten!« Er drehte sich zu Mernorad um. »Ja?«

Der Arzt zeigte auf den Dolch. »Eure Waffe. Lady Samlane ist wie von Sinnen – nicht ungewöhnlich für eine Frau in ihrem Zustand. Sie versuchte schon vor einigen Monaten, ihre Schwangerschaft zu – äh, zu unterbrechen ... Glücklicherweise erfuhren wir rechtzeitig davon. Und obgleich sie seither immer unter Beobachtung stand, wollte sie sich mit, äh, einem Löffel ... Nun, ich möchte nicht, daß – Dinge, wie Euer Dolch in ihrer Lady Reichweite gelangen ...«

Samlor zog den langen Dolch aus der Scheide und legte ihn auf ein Tischchen. Nur die Klinge glänzte, der Griff war aus hartem, hellem Holz, glatt, aber mit Silbergeflecht überzogen, um ihn besser halten zu können.

Ein Bronzeriegel knarrte jetzt an der Türinnenseite der Kreißkammer.

Eine mürrische, grauhaarige Frau im Tempelgewand kam zum Vorschein. Die Luft, die aus dem Schlafgemach herausquoll, war warm und aufdringlich süß wie ein überreifer Pfirsich. Die Öllampen von zwei der sechs Arme eines Leuchters brannten und schienen sich mit dem Sonnenschein messen zu wollen, der durch die Buntglaswand, die zum inneren Hof führte, fiel.

Sah die Hebamme schon mitgenommen aus, so wirkte Samlane auf dem Bett wie der leibhaftige Tod. Ihr Gesicht und die langen weißen Hände schienen von dem Bauch verschlungen zu werden, der sich unter ihrem Leinenüberwurf wölbte. Eine Seidendecke lag zerknüllt am Fußende des Bettes. »Tritt ein, teurer Bruder.« Eine Wehe ließ den Oberwurf erzittern. Samlanes Gesicht erstarrte mit halb offenem Mund. Die Wehe verging. »Ich halte dich nicht lange auf, Samlor«, fügte sie mit gezwungenem Lächeln hinzu. »Leah, warte draußen.«

Hebamme, Gemahl und Arzt protestierten. »Bei Heqts Gesicht, hinaus! *Hinaus!*« schrillte Samlane, und ihre Stimme wurde noch durchdringender, als eine neue Wehe sie peinigte. Ihr wütendes Gellen erlaubte keinen Widerspruch. Samlor schloß die Tür hinter der Hebamme. Im Frühstücksgemach hörte man, wie die Tür einklinkte, doch offenbar wurde der Riegel nicht vorgeschoben. Reglis Haus war zur Raum-für-Raum-Verteidigung erbaut worden, damals, als Banditen oder der Mob einfach zum Plündern in die Wohnungen eindrangen, und die Regierung so gut wie nichts dagegen unternehmen konnte.

Es war auch von seinem ehemaligen Besitzer ausgestattet worden, und das Frühstücksgemach mit den Schlachtszenen in Mosaikform und den gekreuzten Waffen an den Wänden schien zu dem jungen Edlen, der der jetzige Besitzer war, nicht ganz zu passen.

Die Hebamme stellte sich steif und mürrisch mit dem Rücken zur Tür auf. Regli schenkte ihr keine Beachtung und schlug wieder mit der Peitsche gegen die Wand. »Seit ich sie kenne, hat Samlane ihren Bruder kein Dutzendmal erwähnt und wenn, dann nur mit einer Verwünschung.«

»Ihr dürft nicht vergessen, daß dies auch eine schlimme Zeit für die Lady ist«, versuchte Mernorad ihn zu beschwichtigen. »Da ihre Eltern nicht, äh, in der Lage sind, zu reisen, ist es nur natürlich, daß sie ihren Bruder ...«

»Natürlich?« brüllte Regli. »Es ist mein Kind, das

sie gebärt! Mein Sohn, vielleicht. Was mache ich hier draußen?«

»Was würdet Ihr drinnen tun?« entgegnete der Arzt nun selbst gereizt.

Ehe noch ein weiteres Wort gewechselt werden konnte, schwang die Tür auf und prallte gegen die Hebamme. Samlor befahl ihr barsch: »Sie will, daß Ihr ihr das Kopfkissen aufschüttelt.« Er griff nach seinem Dolch und schritt durch das Gemach zum Korridor. Die Hebamme eilte in die Kreißkammer zurück, so daß den Männern nur ein flüchtiger Blick auf Samlanes Gesicht vergönnt war. Im Schein des Leuchters neben dem Bett schimmerte ihre Haut gelb. Der Riegel wurde vorgeschoben, kaum daß die Tür geschlossen war.

Regli faßte Samlor am Arm. »Was wollte sie?« fragte er.

Samlor machte seinen Arm wieder frei. »Fragt sie, wenn Ihr glaubt, daß es Euch etwas angeht. Ich bin nicht in der Stimmung, mich zu unterhalten.« Und schon stürmte er aus dem Gemach und vorbei an dem Diener, der ihn die Treppe hinunter und zum Eingang hätte führen sollen.

Mernorad blinzelte. »Welch ein mürrischer Grobian. Ungeeignet für die feine Gesellschaft.«

Diesmal war Regli der Einsichtigere. »Oh, das war zu erwarten. In Cirdon waren die Edlen immer stolz auf ihr Nichtstuerdasein, deshalb ist Cirdon Teil des rankanischen Reichs und nicht umgekehrt. Es muß eine seelische Qual für ihn gewesen sein, als ihm nichts übrigblieb, als zu arbeiten oder mit dem Rest der Familie zu verhungern.« Regli räusperte sich und schlug sich mit dem Peitschenstock leicht auf die linke Handfläche. »Das erklärt seine Feindseligkeit gegenüber Samlane und die absurden ...«

»Ja, völlig absurd«, warf Mernorad hastig ein.

»... absurden Beschuldigungen«, fuhr der junge Edle fort. »Bitterkeit wird der Grund sein, obgleich er selbst sie vor der, wie er es sieht, Erniedrigung bewahrte, der er sich ausgesetzt fühlt. Tatsächlich besitze auch ich beachtliche Minen- und Handelsanteile, ganz abgesehen von meinen mit wirklicher Arbeit verbundenen Pflichten gegenüber dem Staat hier.«

Die Unterbrechung hatte Regli jedoch nur kurz abgelenkt. Wieder schritt er unruhig hin und her. Das Knarren seiner Sohlen und die vereinzelten bissigen Bemerkungen waren fast eine Stunde lang die einzigen Laute im Frühstückszimmer. »Hört Ihr etwas?« fragte Mernorad plötzlich.

Regli erstarrte, dann rannte er zur Tür des Schlafgemachs. »Samlane!« rief er. *»Samlane!«* Er griff nach der Bronzeklinke und schrie auf, als er sich die Handfläche versengte.

Von entsetzlicher Ahnung gequält und mit mehr Kraft, als man von einem Mann seines Alters erwartete, riß Mernorad eine Streitaxt von den Bügeln, die sie an der Wand hielten, und schmetterte sie gegen die Tür. Das Eichenholz war bis auf eine dünne Schicht verkohlt. Die schwere Axt zersplitterte sie und ließ Sauerstoff in das überhitzte Schlafgemach.

Der Raum explodierte, und die Tür flog in einem Feuerschwall durch die Luft. Die Flammen warfen den lichterloh brennenden Mernorad gegen die hintere Wand, ehe sie hochloderten und die mit Sprüngen durchzogene Decke fraßen.

Als die Flamme zürückwich, konnte Regli einen flüchtigen Blick in den Raum werfen. Die Hebamme war vom Bett bis fast zur Tür gekrochen, ehe sie starb. Das Feuer hatte ihr den Rücken gekrümmt, so daß der Schnitt in ihrer Kehle rot klaffte.

Möglicherweise hatte sich auch Samlane die Halsschlagader durchgeschnitten, aber zu wenig war von ihr übriggeblieben, um das noch feststellen zu können. Offenbar hatte sie das ganze Bettzeug mit Lampenöl getränkt und dann eine brennende Lampe an das Bett gehalten. Doch im Grunde genügte ein Blick auf das Stiefelmesser, Regli schreiend aus dem Haus zu treiben. Der hölzerne Griff war verbrannt, aber das Metallstück ragte aufrecht aus Samlanes geschwollenem Bauch.

Samlor hatte einen Straßenjungen nach dem Heqt-Tempel gefragt. Das Kind hatte zunächst verwirrt geblinzelt, doch dann eifrig gerufen: »Oh – der Schwarze Turm!« Auf einer Bank vor einer Schenke gegenüber dem Tempel sitzend, glaubte Samlor nun zu verstehen, weshalb. Der Tempel war aus grauem Kalkstein gebaut und von quadratischem Grundriß, hatte jedoch die übliche Halbkugelkuppel. Der Obelisk, der sie krönte, war zu Ehren der Siege Alar hil Aspars, eines Söldnergenerals cirdonischer Abstammung, errichtet. Alar hatte viel für seine erwählte Stadt getan, war dabei aber auch selbst nicht zu kurz gekommen, und er hatte für seinen Ruhm durch ebensolche Verzierungen öffentlicher Gebäude gesorgt. Doch die Inschrift war durch die dicke Schicht, die sich nach dreihundert Jahren Holz- und Dungrauch auf dem Obelisken abgelagert hatte, nicht mehr zu entziffern. Aber wenn man ihn so betrachtete, war das Schlimmste, das man über den Heqt-Tempel sagen konnte, daß er häßlich, schmutzig und in einem schlechten Viertel war – doch soweit Samlor sehen konnte, traf dasselbe auch auf die meisten anderen Bauwerke in Freistatt zu.

Als der Karawanenmeister einen tiefen Schluck aus seinem Becher nahm, trat eine Akoluthin aus dem

Haupteingang des Tempels. Dreimal schwenkte sie ihren Räucherwedel und leierte ein Abendgebet für die uninteressierten Leute auf der Straße, ehe sie in den Tempel zurückkehrte.

Der Wirt kam mit einer Laterne aus der Schenke. »Steh auf, Freundchen«, sagte er zu einem gutaussehenden jungen Mann, der auf der anderen Bank saß. »Die Bänke sind für Gäste.« Der junge Mann erhob sich, ging jedoch nicht. Der Wirt schob die Bank zur Tür, stieg darauf und hängte die Laterne an einen Haken unter dem Aushängeschild, das ein wildblikkendes Einhorn schmückte.

Statt sich wieder auf der Bank niederzulassen, auf der er zuvor gesessen hatte, nahm der junge Mann jetzt neben Samlor Platz. »Sieht nach nicht viel aus, nicht wahr?« sagte er zu dem Cirdonier und deutete mit dem Kopf auf den Tempel.

»Und viel los scheint mit ihm auch nicht zu sein«, entgegnete Samlor. Er musterte den Einheimischen aus dem Augenwinkel und fragte sich, wieviel er wohl von ihm erfahren könnte. »Nicht eine Menschenseele hat ihn seit einer Stunde betreten.«

»Kein Wunder«, antwortete der junge Mann. »Sie kommen gewöhnlich erst, wenn es dunkel ist. Und Ihr würdet sie von hier aus ohnehin nicht sehen.«

»Nein?« Samlor nahm einen weiteren Schluck von seiner Sauermilch. »Sie betreten ihn durch den Hintereingang?«

»Nicht nur das«, entgegnete der Einheimische. »Unter dem ganzen Viertel hier ist ein wahres Netz von Tunneln. Sie – die Heqt verehren wollen – gelangen von Schenken und Läden oder Wohnhäusern viele Blocks entfernt durch diese Tunnel zu ihr. Wer in Freistatt zu Heqt will, kommt verstohlen.«

Samlors Linke schloß sich um sein Medaillon. »Das hörte ich schon einmal, und ich verstehe es nicht.

Heqt bringt den Frühlingsregen – sie ist die Große Mutter, und nicht nur in Cirdon, sondern überall, wo man sie verehrt – außer in Freistatt. Was ist hier passiert?«

»Ihr seid fromm, nehme ich an«, sagte der Jüngere mit einem Blick auf das Medaillon mit dem Gesicht Heqts.

»Fromm, fromm«, brummte Samlor und verzog den Mund. »Ich bin Karawanenmeister, nicht Priester. Gewiß, bei den Mahlzeiten opfere ich gewöhnlich einen Schluck für sie – ohne sie wäre die Welt eine Wüste, und ich sehe so schon zuviel Wüste.«

Das Gesicht des jungen Mannes war so bleich, daß es jetzt im Schein der Laterne gelb wirkte. »Es soll hier ein Schrein für Dyareela gestanden haben, ehe Alar ihn niederreißen und diesen Tempel erbauen ließ. Es dürfte nichts davon übriggeblieben sein, außer vielleicht die Tunnel, und sie mögen schon alt gewesen sein, bevor die Stadt über ihnen entstand. Habt Ihr gehört, daß in den Krypten angeblich ein Dämon gehalten wird?«

Samlor nickte. »Ja, das habe ich gehört.«

»Ein haariger, langschwänziger Dämon mit reißenden Zähnen.« Der junge Mann lächelte. »Heutzutag macht man seine Witze darüber, denn wer glaubt schon noch an so was? Trotzdem stimmt es, daß Heqts erster Priester hier verschwand ... Und voriges Jahr warb Alciron Foin zehn kräftige Burschen an und ging mit ihnen in den Tempel, um seine Frau zu suchen. Niemand sah die zehn Männer je wieder, aber Foin fand man am nächsten Morgen auf der Straße. Er lebte noch, obwohl man ihm die Haut abgezogen hatte.«

Samlor trank den letzten Schluck Sauermilch. »Das könnten auch Menschen getan haben«, meinte er.

»Wäre es Euch lieber, mit solchen Menschen zu tun

zu haben, als mit einem Dämon?« fragte der Einheimische lächelnd.

Stumm blickten die beiden auf den Tempel. »Möchtet Ihr etwas zu trinken?« fragte Samlor plötzlich.

»Nein, danke.«

»Ihr sagt, dieser Mann suchte seine Frau?« Des Cirdoniers Blick ruhte weiter auf dem dunklen Tempel.

»Ja. Man raunt, daß viele Frauen durch die Tunnel in den Tempel gehen. Man munkelt von Fruchtbarkeitsriten und daß die Priester mehr mit der Empfängniszunahme zu tun haben als die Rituale – aber welcher Mann vermag schon zu sagen, was Frauen heimlich tun?«

»Und der Dämon?«

»Vielleicht hilft er bei der Empfängnis?« Samlor hatte das Gesicht abgewandt, um das Lächeln des andern nicht sehen zu müssen. Trotzdem spürte er es, denn es schien den Worten noch mehr Gewicht zu verleihen. »Aber die Leute reden viel. Wäre heute nicht die richtige Nacht für – Bittsteller?«

Samlor blickte ihn jetzt an und entblößte die Zähne zu einem freudlosen Lächeln. »Ja, wahrhaftig. Ist bekannt, wo Tunneleingänge zum Tempel sind? Oder sind das nur Gerüchte? Wie ist es mit dieser Schenke hier?«

»Eine Achtelmeile westlich befindet sich das Gasthaus zum Possenreißer, nahe dem Rindermarkt. Darunter soll ein wahres Labyrinth von Gängen sein, die nicht wirklich miteinander verbunden sind. Man kann dort tagelang herumirren, ohne einer Menschenseele zu begegnen, sagt man.«

Samlor zuckte die Schulter. Er stand auf und pfiff dem Wirt, dann warf er ihm den leeren Becher zu. »Bloße Neugier«, sagte er zu dem jungen Mann. »Ich bin zum erstenmal in Freistatt. Lebt wohl.« Er trat auf die Straße über einen schmalen Graben in dem etwas verweste. Als er nach einer Weile zurückschaute, saß der Einheimische noch immer mit leeren Händen auf der Bank. Gegen das Licht hatte sein Profil die Vollendetheit einer alten Kamee.

Samlor trug Stiefel und war mit dunklen Nächten und unsicherem Boden unter den Füßen vertraut, deshalb nahm er sich keinen Fackelträger. Als er an einem Trupp Wachen vorüberkam, blickte der kaiserliche Wachoffizier auf den blanken Dolch, den der Cirdonier jetzt in der Hand hielt. Trotzdem schien Samlor nicht mehr zu sein, als er war: ein stämmiger Mann, der Räuber lieber warnte, als tötete, jedoch bereit war zu kämpfen. Ich muß mir ein neues Stiefelmesser kaufen, dachte er. Aber im Augenblick mußte genügen, was er hatte …

Das Gasthaus zum Possenreißer war ein Geschoß niedriger als die dreistöckigen Wohnhäuser ringsum. Das Erdgeschoß war hell erleuchtet. Hinter einem Zaun auf der anderen Straßenseite kratzten Sklaven im Lampenlicht Kuhfladen vom Kopfsteinpflaster des Rindermarkts. Sie würden in der Sonne getrocknet und später als Brennstoff verwendet werden. In der Wirtsstube saßen etwa zwanzig Männer, die meisten Viehtreiber, bekleidet mit Leder und grobgewebter Wolle. Eine Schankmaid von etwa fünfzig Jahren bediente gerade Gäste in einer abgetrennten Ecke. Als Samlor eintrat, kam der Wirt mit einem Faß auf der Schulter durch den Vorhang hinter dem Schanktisch.

Der Cirdonier hatte seinen Dolch eingesteckt. Er nickte dem muskulösen Wirt zu und ging hinter die Theke.

»He!« rief der Wirt.

»Ist schon gut«, brummte Samlor und verschwand durch den Vorhang.

Eine Steintreppe, die auf halber Höhe von einer Öllampe beleuchtet wurde, führte in den Keller. Samlor folgte ihr und nahm die Lampe mit. Unter der Wirtsstube war festgetretener Erdboden. Eine große Falltür, die gegenwärtig verriegelt war, diente zur Aufnahme von Lieferungen von der Straße. An den Wänden standen Flaschenregale, Körbe und riesige Fässer dicht nebeneinander. Ein Faß war so alt, daß sein Holz wie verkohlt aussah. Samlor klopfte mit dem Dolchgriff darauf und verglich den Laut mit dem dumpferen des Fasses daneben.

Schritte knirschten auf der Treppe. Der Wirt kam herunter. In seiner schweren Faust hielt er einen Schlegel. »Hat man dir nicht geraten, den Seiteneingang zu nehmen?« schnaubte er. »Glaubst du vielleicht, ich will in den Verruf kommen, ein Teufelshurenhaus zu führen?« Er nahm eine weitere Stufe. »Bei Ils und seinen Schwestern, das nächste Mal wirst du daran denken!«

Samlors Finger umfaßten den Dolchgriff, doch noch hielt er die Spitze vom Wirt abgewandt. »Wir haben keine Streitigkeiten miteinander«, sagte er. »Lassen wir's dabei!«

Der Wirt schnaufte, als er am Fuß der Treppe stand. »Ich kenne euch geilen Hurenböcke! Und ich will nichts mehr mit euch zu tun haben. Sagt Euren kupplerischen Psalmsängern, daß ich keine weiteren Kunden mehr hier durchlasse!«

»Ah, für einen guten Preis lassen die Priester andere an ihren Vergnügungen teilhaben?« Samlor verstand plötzlich. »Aber ich bin nicht der Weiber wegen hier, Freund.«

Was immer der Wirt zu verstehen glaubte, es erschreckte ihn jedenfalls weit mehr, als der Anblick des Dolches zuvor. Den Schlegel halb erhoben, blieb er stehen. Zuerst schluckte er, dann warf er mit einem Schreckenslaut den Holzhammer in die Dunkelheit und floh die Treppe hoch. Samlor starrte ihm stirnrunzelnd nach, ehe er sich wieder dem Faß zuwandte.

Er fand einen als Astknoten getarnten Verschluß. Er drückte darauf. Die Faßseite schwang auf, und ein trockener, dunkler Tunnel, der schräg abwärts führte, war zu sehen. Samlor benetzte sich die Lippen. Es war genau das, wonach er gesucht hatte. Er hob die Lampe auf, die nur noch schwach brannte, stieg in den Tunnel und schloß die Faßtür hinter sich.

Der Gang hatte viele Biegungen, aber keine Abzweigungen. Er war durch festen, gelben Lehm gehauen und stellenweise mit Balken gestützt, die zu schwarz waren, als daß Samlor das Holz hätte erkennen können. Außerhalb des schwachen Lichtkreises war ein eiliges Huschen und Trippeln zu vernehmen. Samlor ging langsam, damit die Flamme nicht erlösche, und atmete gleichmäßig, um die Furcht abzuwehren. Trotz der Erniedrigung durch seinen Beruf war er immer noch ein Edler von Cirdon, und in seiner Familie gab es keinen, der ihm diese Verantwortung hätte abnehmen können.

Hinter sich hörte er einen Laut. Ohne sich umzudrehen, trat er mit dem Fuß nach hinten. Die genagelte Sohle traf etwas Weiches, Quiekendes, das er jedoch auch nicht sehen konnte, als er sich umdrehte. Er blieb kurz stehen, umklammerte das Heqt-Medaillon, und ging weiter. Das Trippeln folgte ihm nun in größerem Abstand.

Als der Tunnel durch härteres Gestein führte, wurde er breiter und endete plötzlich in einem niedrigen, kreisrunden Raum. Samlor hielt an. Er streckte die Lampe aus und ein bißchen zur Seite, damit ihr

Schein ihn nicht blende. Der Raum war riesig und leer. Mehr als ein Dutzend Türen führten von ihm fort. Alle, außer der, an der er stand und einer weiteren, waren mit Eisengittern versperrt.

Samlor tastete nach seinem doppelschneidigen Dolch, zog ihn jedoch nicht. »Ich mache mit bei eurem dummen Spiel«, flüsterte er. Mit kleinen Schritten ging er an der gebogenen Wand entlang und durch die andere offene Tür. Sie führte in einen weiteren leeren Gang. Wieder benetzte Samlor sich die Lippen und folgte ihm.

Das Klirren und Einrasten des Fallgatters hinter ihm kam nicht völlig unerwartet. Samlor verharrte mit gezücktem Dolch, doch nichts und niemand kam durch den Tunnel. Er ging weiter. Auch dieser Gang verlief nicht gerade, sondern in Biegungen und führte ebenfalls kaum merklich abwärts. Das Gestein schien schwach zu vibrieren, möglicherweise von ferner Musik.

Gleich dem ersten endete dieser Tunnel in einem Raum, der jedoch nicht leer wie der andere war. Eine Gestalt, die auf den ersten Blick ein Mann zu sein schien, stand neben der Türöffnung. Ihre einzige Bewegung war der flackernde Lampenschein auf ihrer metallischen Oberfläche. Der Cirdonier trat näher und klopfte auf die leere Hülle. Es war eine alte Kettenrüstung mit Visierhelm.

Aufgrund einer Vermutung kratzte er an einem Kettenglied der Rüstung. Die sich überlappenden Ringe sahen aus, als wären sie aus grünspanüberzogenem Kupfer, aber Samlors Klinge vermochte diesen scheinbaren Grünspan nicht einmal anzukratzen. »Bei Heqts Blut«, fluchte der Karawanenmeister leise.

Was hier vor ihm stand war eine der zwei sagenhaften Rüstungen, die der Zauberer Hast-ra-kodi im Feuer eines brennenden Diamanten geschmiedet hatte – der Sage nach mit Hilfe von zwei Dämonen. Und wenn das inzwischen auch angezweifelt wurde, bestand zumindest kein Zweifel daran, daß die unverwüstlichen Rüstungen Helden aus drei der fünf Zeitalter der Welt geschützt hatten.

Und dann, vor zwölfhundert Jahren, hatten die Zwillingsbrüder Harash und Hakkad die Rüstungen angelegt und waren gegen den Zauberfürsten Sterl ausgezogen. Auf dem Weg durch die Berge war ein Sturm aufgekommen, und im hellen Licht des frühen Morgens waren alle verschwunden: die Brüder mit den Rüstungen samt ihrer dreitausend Krieger. Einige meinten, die Erde habe sich unter ihnen aufgetan, andere glaubten, die Schlünde von fliegenden Ungeheuern, deren Zähne in den Blitzen glitzerten und deren Rücken sich im Donnerschlag bis zum Himmel wölbten, hatten sie verschlungen. Was immer auch der Grund war, die Rüstungen waren an jenem Morgen jedenfalls verschwunden. Daß sich nun eine davon hier in diesem unterirdischen Raum befand, war für Samlor der erste stichhaltige Beweis für die gewaltige Macht, die hier unter der Stadt herrschte.

Durch die Öffnung an der gegenüberliegenden Seite drang das Scharren von Metall gegen Stein und ein leises Klirren. Samlor drückte sich gegen die Wand und hielt den Atem an.

In den aus dem natürlichen Felsen gehauenen Raum trat die zweite von Hast-ra-kodis Rüstungen. Sie war nicht leer, aber sie verhüllte den Mann, der in ihr steckte, völlig und bot so einen Anblick, der nichts Menschliches mehr an sich hatte. Das unbekannte Metall glühte grünlich und das Schwert, das die Gestalt in den behandschuhten Fingern hielt, leuchtete wie eine grüne Fackel.

»Kommt Ihr, um Dyareela anzubeten?« Die

Stimme klang rostig, als hätte sie seit einer Ewigkeit nicht mehr gesprochen.

Samlor stellte vorsichtig die Lampe auf den Boden und trat einen Schritt zur Seite. »Ich verehre Heqt«, entgegnete er und schloß seine Linke um das Heqt-Medaillon. »Und noch einige andere, vielleicht. Aber nicht Dyareela.«

Der Mann in der Rüstung lachte und kam einen Schritt näher. »Auch ich verehrte Heqt. Ich war ihr Priester – bis ich in diese Tunnel kam, um das Böse aus ihnen zu vertreiben.« Das Kichern hallte von den Steinwänden wider. »Dyareela erlegte mir eine Buße auf für mein Leben, mein Leben, mein Leben ... Ich trage diese Rüstung. Das wird auch deine Sühne sein, Cirdonier. Zieh die andere Rüstung an.«

»Laß mich vorbei, Priester!« Samlors Hände zitterten. Er verschränkte sie auf der Brust. Sein Dolch steckte in der Scheide.

»Nicht Priester«, krächzte der Näherkommende.

»Mann! Laß mich vorbei!«

»Nicht Mann, nicht Mann«, sagte die Stimme. Das Schwert hob sich, und sein Leuchten raubte der Flamme der Öllampe die Kraft. »Man sagt, die Schneide deines Dolches sei immer scharf, *Bittsteller* – aber haben die Götter ihn geschmiedet? Dringt er durch die Rüstung Hast-ra-kodis?«

Samlor nahm sein spitzes Stoßmesser aus der Handgelenkscheide und ging zum Angriff über. Den linken Fuß stemmte er gegen die Wand. Rüstung oder nicht, der Priester war kein Kämpfer. Samlors Linke blockierte den Schwertarm, während die Rechte den schmalen Dolch in die Brust stieß. Die dünne Klinge drang durch die Ringe wie durch ein Nadelöhr. Die behandschuhte Faust riß dem Cirdonier die Haut über der Wange auf. Samlor hatte schnell das Messer zurückgezogen und stach erneut durch die Rüstung, zwischen die Rippen und in die schwammige Lunge darunter.

Die Gestalt taumelte rückwärts. Das Schwert klirrte auf den Steinboden. »Wa-as ...?« begann sie, und hinter dem Visier gurgelte es. Der Messergriff hob sich dunkel von der glühenden Rüstung ab. Schwach versuchte die Gestalt mit beiden Händen das Messer herauszuziehen. »Was bist du?« wisperte sie. »Du bist kein Mensch, kein ...« Muskeln und Sehnen entspannten sich, als das Gehirn an Sauerstoffmangel zugrunde ging. Ein Knie gab nach, und die Gestalt stürzte kopfüber auf den Boden. Das grüne Glühen sickerte heraus wie Blut aus einem Lumpen, befleckte den Boden und drang in ihn ein.

»Wärst du zu deiner Zeit ein Mann gewesen«, sagte Samlor rauh, »brauchte ich jetzt nicht hier zu sein.«

Er drehte den Toten um, um sich sein Messer zurückzuholen. Blut aus Mund und Nase hatten das Visier verklebt. Zu Samlors Überraschung hatte die Kettenrüstung sich vorn in ihrer ganzen Länge geöffnet. Sie war bereit, dem Toten abgestreift und von jemand anders getragen zu werden. Die Leiche in ihr glich einer Mumie, und ihre Haut war weiß wie Maden unter der Erde.

Samlor wischte die dünne Klinge seines Messers mit Daumen und Zeigefinger ab. Eine winzige Blutspur verriet, daß sie getötet hatte. Der Cirdonier ließ beide Rüstungen in dem Felsenraum zurück. Sie hatten auch ihren früheren Trägern nicht immer das Leben gerettet. Zauberrüstungen und ihre Tricks waren für jene, die damit umzugehen wußten, doch Samlor war ein normaler Sterblicher.

Der Gang machte eine Biegung und bildete ein T mit einem etwa hundert Schritt langen, schmalen Querstück, mit Felswänden an beiden Enden, während sein Längsende eine von Menschenhand erbaute Mauer aus Basaltsechsecken mit einer Kantenlänge von etwa einem Fuß war. Eine Tür war nicht zu erkennen. Samlor erinnerte sich an das Fallgatter, das sich – wie ihm nun schien – vor einer Ewigkeit hinter ihm geschlossen hatte. Abwesend wischte er sich die rechte Hand am Schenkel ab.

Er ging von einem Ende des Korridors zum andern. Ein Basaltstein sah aus wie der andere. Sie erhoben sich zehn Fuß hoch zu einer kahlen Decke, die die Spuren von Spitzhacken aufwies. Samlor wurde sich plötzlich bewußt, daß nur noch wenig Öl in seiner Lampe war und er sie auch nicht nachfüllen konnte. Er blickte auf den Boden, da kam ihm ein plötzlicher Einfall. Er öffnete seine Kniehose und urinierte an den Fuß der Mauer. Der Strom plätscherte und floß nach rechts, die Mulde entlang, die Jahrzehnte lang von Fußtritten geformt worden war. Etwa dreißig Fuß weiter hielt er an und bildete eine mit Staub vermischte Lache, in der sich das Lampenlicht spiegelte.

Mit großer Sorgfalt untersuchte Samlor die Basaltsteine unmittelbar hinter der Lache. Die Musik, deren Vibration er zuvor gespürt hatte, war hier schwach zu hören. Er drückte die Spitze seines Messers an einen der Steine und seine Stirn ans Griffende, und nun vernahm er klar und deutlich die Töne einer Wasserorgel, die irgendwo in diesem Labyrinth von unterirdischen Gängen gespielt wurde. Samlor steckte das Messer wieder in die Hülle und blickte nun an den Steinen entlang, während er die Lampe über seinen Kopf hielt. Die glänzende Oberfläche eines Basaltsechsecks war in mittlerer Höhe, vermutlich durch häufige Berührung und Schweiß ziemlich stumpf. Samlor preßte dagegen – und das nächste Sechseck schwang aus der Wand.

Es war nur eine Handbreit dick und hatte den Weg nicht zu einem Raum, sondern zu einem weiteren Tunnel geöffnet. Um hineinzugelangen, müßte er durch dieses Loch kriechen, das kaum breit genug war, um seine Schultern hindurchzwängen zu können. Und das andere Ende dieses Tunnels war ebenfalls vermauert.

Seit Samlor sich gezwungen gesehen hatte, seinen Lebensunterhalt durch Arbeit selbst zu verdienen, verbrachte er die meiste Zeit unter freiem Himmel. Bisher hatte er den erschreckenden Gedanken verdrängt, daß sich Tonnen von Gestein über ihm befanden, doch dieses Rattenloch brachte es ihm vollends zu Bewußtsein. Ihm blieb jedoch keine andere Wahl, als weiterzumachen. Ein Mann durfte sich von so etwas nicht unterkriegen lassen, oder er war kein Mann ...

Der Cirdonier stellte die Lampe auf den Boden, sie würde sowieso höchstens noch ein paar Minuten brennen, und nähme er sie in den engen Tunnel mit, würde sie schnell das bißchen Sauerstoff verbrauchen. Er zog seinen Dolch, streckte beide Arme weit vor und schlängelte sich durch die Öffnung. Nur ein schwacher Lichtschimmer konnte an seiner massigen Gestalt vorbeidringen und selbst den verschluckten die Basaltblöcke.

Mit den Stiefelspitzen und der linken Hand tastete er sich voran, seine Schultern und Hüften streiften den Stein. Er atmete sparsam, trotzdem war die Luft so gut wie verbraucht, als er kaum seine eigene Länge gekrochen war, und ihm war, während er sich weitertastete, als hülle eine würgende Decke ihn ein. Die Orgelmusik schien jetzt unmittelbar um ihn zu erklingen.

Die Dolchspitze klickte gegen das Tunnelende. Samlor schob sich ein wenig näher heran, betete zu

Heqt und drückte mit der ausgestreckten Linken gegen den Stein. Er schwang nach außen. Frische Luft quoll ihm, vermischt mit den Tönen der Wasserorgel, entgegen.

Zu erleichtert, um sich Gedanken darüber zu machen, was ihn außerdem noch erwarten mochte, plagte Samlor sich durch die Öffnung und gelangte an der geraden Seite in einen halbkreisförmigen Raum. Platten an der gewölbten Decke, etwa fünfzig Fuß über seinem Kopf, verliehen dem Raum ein ockerfarbiges Licht. Ganz bestimmt war es noch nicht Morgen. Samlor war jedoch nicht imstande, sich ein Bild von der Quelle dieses Lichtes zu machen.

Die Wasserorgel mußte sich noch in einiger Entfernung von diesem Gewölbe befinden, aber ihre Musik ließ die Wände stark vibrieren. Aus ihren höheren Tönen klang erotische Liebe und aus den tiefen schwärzeste Angst, wie Samlor sie vor Stunden als Druck im Bauch gespürt hatte; Sinnenlust und brennender Haß sprudelten aus den mittleren, Samlors Hand verkrampfte sich um den Dolchgriff. Es fehlte nicht viel und er hätte in diesem leeren Raum wild mit der Waffe um sich geschlagen. Er zwang sich tief zu atmen, bis er sich wieder ganz in der Gewalt hatte, und steckte den Dolch einstweilen wieder ein.

Er ging auf den Türbogen in der Mitte der Halbkreiswand zu. Nur zu sehr war er sich der Hautabschürfungen bewußt, die er sich in dem schmalen Tunnel zugezogen hatte, und der Muskelzerrung in der Leistengegend, für die der Kampf mit dem ehemaligen Priester verantwortlich war. Ich bin eben nicht mehr der Jüngste, sagte er sich. Dann grinste er finster und dachte, daß er sich jetzt wohl kaum noch große Sorgen über das Älterwerden machen mußte.

Der Boden war mit Kissen und dicken Brokatdekken überhäuft. Es gab auch noch andere Dinge hier, die ungewöhnlich, aber deren Zweck erkennbar war. Samlor hatte sehr viel von der Welt gesehen, doch sein persönlicher Geschmack war unverdorben geblieben. Er dachte an Samlane, und Wut packte ihn. Aber diesmal verkrampfte seine Hand sich nicht um den Dolchgriff, sondern um das Heqt-Medaillon. Er trat mit dem Fuß nach einem Ständer mit Peitschen. Er kippte um und fiel gegen ein dreistöckiges Ebenholzgestell mit Seidenfesseln, das mit einer Kurbel an einem Ende verstellt werden konnte.

Es ist nicht für Samlane, dachte Samlor grimmig. Es ist für die Ehre des Hauses derer von Kodrix. Und vielleicht – vielleicht für Heqt. Er war nie ein frommer Mann und immer der Meinung gewesen, daß es das beste sei, wenn die Götter die Dinge unter sich selbst ausmachten.

Aber es gab eben doch so einiges, das *kein* Mann sich bieten lassen konnte.

Nun, kein Mann stimmte vielleicht nicht. Aber er, Samlor hil Samt, konnte es jedenfalls nicht einfach hinnehmen. Vielleicht war er ein Narr und Fanatiker, aber er würde, noch ehe die Nacht herum war, Schluß mit einem Dämon machen, oder bei dem Versuch selbst sterben.

Da das Licht von oben kam, hatte Samlor die Reliefs nur als Schattenmuster an der Wand bemerkt. Doch nun, da er sich dem Türbogen näherte, sah er die Einzelheiten. Er blieb stehen, um sie sich genauer anzusehen. Sie verliefen als Friese über den polierten Stein. Die Gesichter der Abgebildeten waren mit solcher Sorgfalt ausgearbeitet, daß es aussah, als hätten lebende Menschen Modell gestanden. Samlor blickte hoch. Selbst das Gewölbe war mit Reliefs verziert. Es war unmöglich zu sagen, wie und wann sie aus dem Stein gehauen waren, ja, Samlor hätte nicht einmal zu sagen vermocht, welcher Art dieser kremfarbige, gemaserte Stein war, denn er schien viel härter als Marmor zu sein.

Doch die Zeit drängte. Da er wußte, daß ihm möglicherweise nur noch eine kurze Spanne blieb, folgte Samlor einer Reihe dieser Abbildungen. Sie belegte ohne Zweifel die ungeahnte Einheit des »Zauberers« Hast-ra-kodi mit der »Göttin« Dyareela. Samlor starrte auf das Schlußbild und schluckte schwer. Er war unendlich froh, daß er in keine der beiden Rüstungen geschlüpft war, als er die Gelegenheit dazu gehabt hatte.

Die Reliefs stanken geradezu nach Blutvergießen und Unterdrückung. Hunderte von Malen an Hunderten von Orten hatten Könige und Priester die Dyareela-Verehrung unterbunden. Aber die Rituale waren heimlich weitergeführt worden und hatten sich von diesem Krebsgeschwür in den Gewölben unter Freistatt weiter ausgebreitet. Ein Schrein in der Öde war dies hier gewesen, ehe die Stadt entstand. Und selbst als die Stadt fertig war – ein ruchloser, führerloser Ameisenhaufen –, suchte niemand sonderlich eifrig nach dem Herzen des Bösen, da seine Tentakel allumschlingend waren.

Alar hil Aspar – ein kühner Fremder, ein Neuerer, dessen Brust vom Sieg über die Banditen geschwellt war – hatte schließlich den Dyareela-Tempel dem Erdboden gleichgemacht, und statt Salz zu säen, hatte er dort, wo er gestanden hatte, einen Tempel zu Ehren Heqts errichtet, der Göttin, in deren Verehrung er groß geworden war. Und als der Narr, der er gewesen war, hatte Alar sich eingebildet, daß Dyareela damit besiegt sei.

Unmittelbar über dem Türbogen, mit einem Kranz aus Efeublättern umrahmt, war eine Szene in den Stein gehauen, die Samlors von den bisherigen Bildern verstörten Blick anzog. Ein Flötenspieler lockte einen Zug Frauen hinter sich her durch einen Palast. Die Frauen trugen kleine Tiere und Ikonen von zweifellos mehr als symbolischer Bedeutung. Aber des Flötenspielers Gesicht war es, das Samlors ganze Aufmerksamkeit auf sich zog. Er fluchte leise und streckte die Hand aus, um den Stein zu berühren. Er fühlte sich glatt und kalt unter seinen Fingerspitzen an.

Soviel paßte. Genug, vielleicht.

Samlor trat durch den Doppelvorhang des Türbogens. Der Armbrustschütze, der auf der anderen Seite stand, den Blick auf die Treppe gerichtet, wirbelte schreiend herum. Offenbar hatte ihn schon allein die Vorstellung erschreckt, daß irgend etwas oder irgend jemand aus dem Allerheiligsten hinter ihm kommen könnte.

Samlor hatte zu viele Angriffe überlebt, um je völlig unvorbereitet zu sein. Brüllend sprang er vorwärts und erschreckte den Schützen so noch mehr. Die gemusterte Stehwand, die zum Türbogen hin offen war, den Schützen jedoch vor Blicken von der Treppe aus geschützt hätte, kippte um, als der Mann vor Samlors Linken zurückzuckte. Die Sehne sirrte, und der Bolzen prallte unter einem Splitterregen vom Türbogen ab und drang seitwärts durch einen schwingenden Türflügel. Samlor lag auf den Beinen des Schützen, den er zu Boden geworfen hatte, und hieb mit dem Dolch, den er nun endlich aus der Scheide gezogen hatte, nach dessen Gesicht. Erneut schrie der Mann und parierte mit dem Armbrustschaft. Samlors Klinge drang in das Holz wie eine Axt in einen Baumstamm. Drei Finger des Schützen flogen durch die Luft.

Sich der Verstümmelung noch gar nicht bewußt, wollte der Mann, seine Waffe als Keule benutzend, nach Samlor schlagen, doch sie entglitt ihm. Er bemerkte die blutspritzenden Fingerstümpfe seiner Linken mit dem halb durchtrennten Zeigefinger. Sein Schrei wurde zum Würgen und er übergab sich.

Samlor drückte den Mann auf den Boden und griff nach der Armbrust. Vom Gürtel des Schützen hing ein Beutel mit Bolzen, aber Samlor achtete nicht darauf, sie konnten ihm nicht mehr schaden. Der Würgende trug die rotgoldene Livree von Reglis Bediensteten.

Der Cirdonier schaute sich in dem Raum, in dem er sich nun befand, um, sah jedoch nichts weiter als eine Wendeltreppe, die zu weiteren Leuchtplatten in etwa hundert Fuß Höhe führte. Er fuchtelte mit dem Dolch vor dem Gesicht seines Gefangenen herum und drückte dann die Spitze auf dessen Nase. »Du hast versucht mich umzubringen«, sagte er. »Sag mir warum, oder du wirst noch mehr als die paar Finger verlieren.«

»Sabellia, Sabellia«, stöhnte der Mann. »Du bist mein Untergang, du Hundesohn!«

Samlor ritzte die Nasenspitze seitwärts ein. Er wußte, daß der andere mit beiden Augen auf den Blutstropfen blicken würde. »Rede, kleiner Mann«, sagte der Karawanenmeister drohend. »Weshalb bist du hier?«

Der Verletzte schluckte. »Mein Lord Regli ...« Er schloß die Augen, um den Blutstropfen und die Messerspitze nicht mehr sehen zu müssen. »... sagt, Ihr hättet seine Gemahlin getötet. Er schickte uns alle hinter Euch her.«

Samlor hielt die Dolchspitze dicht vor das linke Auge des Mannes. »Wie viele?« fragte er scharf.

»Zwölf«, krächzte der Gepeinigte. »Alle Wachen und uns Kutscher ebenfalls.«

»Die Stadtwache?«

»Ihr Götter, nehmt das Ding von meinem Auge

fort.« Der Mann stöhnte. »Ich hätte mir fast ...« Samlor hob den Dolch einen Zoll. »Nicht die Wache. Mein Lord will nicht, daß etwas an die Öffentlichkeit dringt. Das Gerede ...«

»Wo sind die andern?« Die Klingenspitze senkte sich, streifte die Wimpern und hob sich wieder, ohne Schaden angerichtet zu haben.

Der Verwundete atmete in schnellen Stößen durch den Mund, als könnte ihn eine gefüllte Lunge retten, falls die Klinge ihm die Kehle durchschnitt. »Sie dachten alle, Ihr würdet nach Cirdon zurückkehren. Ihr hattet Euren Umhang zurückgelassen. Ich nahm ihn und brachte ihn zu einer S'danzo, die ich schon länger kenne. Sie lügt wie alle ihresgleichen, aber manchmal eben nicht ... Ich sagte ihr, ich würde sie bezahlen, wenn sie mir sagte, wo ich Euch finden könne, sonst nicht, und wenn sie mich belöge, sollte sie es am eigenen Leib zu spüren bekommen, und wenn ich ihren Liebsten, den Schmied, von sechs meiner Freunde festhalten lassen müßte. Sie beschrieb mir, wo ich Euch finden würde. Ich kannte die Stelle, weil ich Lady Samlane begleitet habe ...«

»Hierher?« Sowohl Samlors Stimme als auch sein Messer zitterten.

»Lord, Lord«, wimmerte der Mann. »Nur bis hierher. Ich schwöre es bei den Gebeinen meiner Mutter.«

»Sprich weiter!« Das Messer rührte sich nicht.

Der andere schluckte. »Das ist alles. Ich wartete hier. Ich habe es niemandem gesagt, Lord Regli hat tausend Goldkronen auf Euren Kopf ausgesetzt – und – und die S'danzo sagte, ich würde die Begegnung mit Euch überleben. O ihr Götter, die Schlampe, die Schlampe ...«

Samlor lächelte. »Noch hat sie dich nicht belogen.« Das Lächeln schwand. »Hör zu.« Er erhob sich auf ein

Knie und drückte den Gefangenen weiter mit einem Arm auf den Boden. »Meine Schwester bat mich um ein Messer. Ich versprach ihr, eines dazulassen, wenn sie mir einen guten Grund nennen konnte.«

Die Erinnerung schüttelte den Cirdonier, der Dolch in seiner Hand zitterte. Der Gefangene wand sich. »Sie sagte, es sei nicht Reglis Kind«, fuhr Samlor fort. »Bei ihrem Lebenswandel kein Wunder. Aber sie behauptete, es sei von einem Dämon, und das erschreckte sogar sie schließlich. Es sei gegen ihren Willen geschehen, sagte sie. Sie wollte es abtreiben. Aber ein Heqt-Priester wartete mit Regli in dem Laden, in dem sie die Mittel kaufen wollte. Danach ließ man sie keinen Augenblick mehr ohne Aufsicht. Die vom Heqt-Tempel wollten die Geburt des Kindes. Samlane sagte, sie würde das Messer benutzen, sobald man ihr das Kind aus dem Leib ziehe – das glaubte ich ihr auch, obwohl ich wußte, daß sie in dem Augenblick nicht die Kraft dazu haben würde.

Offenbar hat sie es ebenfalls gewußt, aber sie war entschlossener, als ich ihr zugetraut hätte. Ja, an ihrer Hartnäckigkeit hätte sich so mancher ein Beispiel nehmen können.«

Samlor schüttelte sich. Er schnitt den Rock des Dieners auf.

»Was habt Ihr vor?« rief der Mann verstört.

»Ich werde dich fesseln und wie ein Bündel verschnüren. Irgend jemand wird dich schon finden und befreien. Und ich werde tun, weshalb ich hierherkam, und danach Freistatt verlassen. Wenn ich es noch kann.«

Schweiß rann über das Gesicht des Gefangenen. »Süße Göttin!« hauchte er. »Tut das nicht!« flehte er. »Bindet mich nicht. Ihr wart nicht hier, wenn – andere hier waren. Ihr ...« Der Verletzte benetzte seine Lippen und schloß die Augen. »Tötet mich selbst, wenn es sein muß.« So leise sagte er es, daß Samlor es fast von seinen Lippen ablesen mußte. »Laßt mich nicht hier.«

Samlor stand auf. Er hatte die Linke zur Faust geballt, die Rechte hielt den Dolch schräg nach unten. »Steh auf!« befahl er. Reglis Diener gehorchte mit verstörtem Blick. Er stützte sich mit dem Rücken an die Wand, hielt die Linke in Schulterhöhe, vermied jedoch den Blick auf die immer noch blutenden Fingerstummel. »Sag Regli, daß ich die Ehre meiner Familie auf meine Weise wiederherstelle, so, wie meine Schwester es auf ihre getan hat. Aber sag ihm nicht, wo du mich gesehen hast – noch unter welchen Umständen. Wenn du jetzt von hier verschwinden willst, dann schwöre es!«

»Ich schwöre es«, stammelte der Mann. »Bei allem, was Ihr verlangt.«

Ein freudloses Lächeln zuckte über die Lippen des Karawanenmeisters. »Hast du schon jemals einen Menschen getötet?« fragte er beiläufig.

»Ich – ich bin Kutscher. Ich meine – nein.«

»Ich habe einmal einen Mann mit einer glühenden Zange auseinandergenommen«, sagte Samlor ruhig. »Er war der Häuptling eines Stammes, der den Wegzoll von uns eingestrichen hatte und trotzdem noch heimlich ein paar Ersatzpferde unserer Karawane mitnahm. Ich schlich in jener Nacht in sein Dorf, holte ihn aus dem Bett und schleppte ihn in unser Lager zurück. Am Morgen nahm ich ihn mir als abschreckendes Beispiel für die anderen vor.« Der Cirdonier langte wieder nach dem Rock seines Gefangenen und wischte den Dolch am Ärmel ab. »Also halte dein Wort, Freund!« warnte er.

Reglis Diener zog sich zur Wendeltreppe zurück. Auf jeder der unteren zwölf Stufen blieb er kurz stehen, um sich nach Samlor umzusehen. Als der Cirdonier ihn jedoch weder verfolgte, noch ihm einen Dolch in den Rücken schleuderte, wie er befürchtet hatte, rannte er die nächsten zwanzig Stufen hoch ohne anzuhalten. Erst dann blieb er stehen. »Noch etwas, Lord.«

»Was?« fragte Samlor.

»Sie öffneten Lady Samlane, um sie und das Kind getrennt zu bestatten.«

»Ja?«

»Es sah nicht wie Dämonenbrut aus, sondern war ein wohlgestalteter kleiner Knabe. Nur hatte er Euer Messer im Schädel.«

Samlor machte sich ebenfalls daran, die Treppe hochzusteigen und achtete nicht auf die hastigen Schritte des Mannes über ihm. Die Tür am Kopf der Treppe knallte zu, und von dem verhinderten Attentäter blieb nichts zurück als Blutflecken auf dem Treppengeländer. Er hätte bei seinen Pferden bleiben sollen, dachte Samlor und lachte laut, als ihm bewußt wurde, daß dies auch auf ihn zutraf. Aber jedenfalls wußte er besser als der arme Narr, worauf er sich hier einließ – obwohl nur die Götter zu sagen vermochten, ob er lebend hier herauskam. Wenn der Mann, den er suchte, ein echter Zauberer war und nicht jemand, wie er selbst, der da und dort ein paar Zauberkunststücke aufgeschnappt hatte, fand er hier sicher sein Ende.

Die Tür am Kopf der Treppe öffnete sich nach außen. Samlor probierte es mit einem leichten Druck der Fingerspitzen aus, dann stand er ganz still, bis sein Atem wieder ruhig ging, und legte schließlich die Linke um das Heqt-Medaillon. Den Dolch hielt er weiter in der Rechten, nicht drohend, aber bereit.

Mit einem Ruck riß er die Tür auf.

Auf der anderen Seite war die Geheimtür eine unverfängliche Wandtäfelung. Die Malerei darauf unterschied sich in ihrer Art in nichts vom Rest der Korridorwände. Links führte der Gang zu einer eisenbeschlagenen Tür, vermutlich ins Freie. An der Livree und der verstümmelten Linken erkannte er, wer hier in Stücke gerissen worden war – die Hand war das größte der blutigen Leichenteile. Unter den gegebenen Umständen konnte Samlor es sich nicht leisten, Zeit mit Mitleid für den Toten zu verschwenden.

Der Cirdonier seufzte und wandte sich nach rechts. Er trat durch den Vorhang aus einzelnen Schnüren aneinandergereihter Messingperlen in das Allerheiligste des Heqt-Tempels. Der, den er dort erwartet hatte, blickte ihm entgegen.

Das erste Grau des frühen Morgens drang durch verborgene Schlitze in der Kuppel. Spiegel waren so angebracht, daß ihr Widerschein das grinsende, vergoldete Krötengesicht Heqts hoch oben unter dem Kuppeldach beleuchten müßten. Statt dessen jedoch war das Licht auf die Gestalt gerichtet, die in der Mitte des großen Raums auf einem Blumenmosaik stand. Das Haar des Wartenden glühte wie Kupfer. »War die Nacht Euch eine gute Hüterin, Freund?« rief Samlor ihm entgegen, als er nähertrat.

»Das war sie.« Der andere nickte. Keine Heqt-Priester oder -Akoluthen waren zu sehen. Der Raum wurde heller, als nähre das Licht sich von der Schönheit des wartenden Mannes. »So wie Euch, Held Heqts, wie ich sehe.«

»Kein Held«, entgegnete Samlor und machte gleichmütig einen weiteren Schritt nach vorn, den Dolch immer noch in der Rechten. »Ein einfacher Mann auf der Suche nach dem Dämon, der für den Tod seiner Schwester verantwortlich ist. Ich brauchte nicht weiter zu suchen, als bis zur Bank auf der anderen Straßenseite gestern abend, nicht wahr?«

Die Stimme des andern war ein angenehmer Tenor und hatte einen sanften Widerklang, der gefehlt hatte, als er und Samlor sich auf der Bank vor der Schenke zum wilden Einhorn über Heqt und Dyareela unterhalten hatten.

»Immer wieder schickt Heqt ihre Helden, und ich – ich kümmere mich um sie. Ihr seid dem ersten begegnet, dem Priester?«

»Ich erwartete einen Dämon«, sagte der Cirdonier statt einer Antwort und ging jetzt ganz langsam vorwärts, »und nun entpuppt er sich als armer Irrer, der sich selbst eingeredet hat, er sei ein Gott.«

»Ich bin Dyareela!«

»Ihr seid ein Mann, der ein Bild über einer Tür gesehen hat, mit einem Jüngling, der aussieht wie er«, sagte Samlor finster. »Das verwirrte Euch den Verstand, und Ihr verwirrtet daraufhin den anderer ... Meine Schwester, um nur eine zu nennen, war überzeugt, daß ihr Kind wie ein Mensch aussehen, aber ein Dämon sein würde. Sie tötete es im Mutterschoß. Es war die einzige Möglichkeit für sie, es umzubringen, weil man sie später nicht mehr an es herangelassen hätte. Schließlich war es Reglis Erbe – und sie hatte ihn abzutreiben versucht. Und das alles war völlig unnötig, denn es war wirklich nur ein Kind, wenn auch das eines Wahnsinnigen.«

Der sonnengekrönte Mann faßte sein Gewand am Hals und zerriß es mit unerwarteter Kraft bis zum Saum. »Ich *bin* Dyareela«, sagte das Wesen. Seine rechte Hängebrust war merklich größer als die linke. Die männlichen Geschlechtsteile waren von normaler Größe, schlaff, und verbargen die Scheide, die hinter ihnen liegen mußte. »Jener dort«, sagte es und deutete auf die Wand, hinter der der zerstückelte Kutscher lag, »kam ungebeten in meinen Tempel, um Blut zu vergießen.« Die nackte Gestalt kicherte. »Vielleicht lasse ich dich mit seinem Blut waschen, Held. Vielleicht fängt deine Buße damit an.«

»Ein wahnsinniger Zwitter, der ein bißchen was von Zauberei versteht«, sagte Samlor verächtlich. »Aber du wirst keinem mehr Sühne auferlegen, Kleiner. Du bist dem Tod geweiht, und ich habe meinen eigenen Zauber für deinesgleichen. Sie war nichts Besonderes, trotzdem wirst du für das, wozu meine Schwester sich gezwungen sah, mit deinem Leben bezahlen.«

»Willst du deine Zauber im Namen Heqts wirken, Held?« fragte der andere. Er breitete die Arme aus und lachte. »Ihr Tempel ist mein Tempel, ihre Diener sind meine Diener ... Das Blut ihrer Helden ist mein Opfer.«

Samlor befand sich zwanzig Fuß entfernt, eine volle und eine halbe Umdrehung. Er umklammerte das Medaillon mit der Linken und hoffte, genügend Zeit zur Beendigung seines Zauberspruchs zu haben. »Sehe ich wie ein Priester aus, daß ich von Göttern spreche?« sagte er. »Achte auf meinen Dolch, Irrer.«

Der andere lächelte und wartete, als Samlor die schwere Klinge hob. Ein Sonnenstrahl fiel darauf und verdrängte das Zwielicht.

»Bei der Erde, die dies gebar«, rief Samlor, »und dem Geist, der ihm Form verlieh;

Beim Holz dieses Griffes und dem Silbergeflecht, das es schützt;

Beim kalten Eisen der Klinge und dem weißglühenden Feuer, aus dem sie kam;

Beim Blut, das sie trank, und den Seelen, die sie verschlang ...

*Deine Stunde ist gekommen!*«

Samlor warf den Dolch. Er drehte sich glitzernd. Die Spitze war vorn und nur eine Handbreit von dem lächelnden Gesicht des Zwitters entfernt, als sie wie vom Blitz getroffen unter einem gewaltigen Donnerknall, der die ganze Stadt erschütterte, zerbarst. Die Druckwelle schleuderte Samlor, aus Ohren und Nase blutend, rückwärts. Wandfarbe und -splitter von den Fresken der Kuppeldecke verdichteten die Luft.

Dyareela hob triumphierend die Arme und lachte kehlig. »Du gehörst mir als Opfer!«

Winzige Risse breiteten sich von der Kuppelmitte hoch oben aus. Samlor taumelte auf die Füße. Er würgte an dem Staub und wußte, daß er sterben würde, wenn er Glück hatte.

Da stürzte Heqts vergoldeter Bronzekopf herab und traf Dyareelas hochblickendes Gesicht wie ein zweihundert Tonnen schwerer Armbrustbolzen. Der Boden unter den Füßen zersprang. Der Kalksteinobelisk auf der Kuppel krachte in die Tiefe, daß die Erde unter seinem Aufprall erbebte.

Auf den Überresten von Reglis Kutscher rutschte Samlor aus. Ein Erdstoß warf ihn vorwärts und gegen die beschlagene Tür. Sie gab nach, und Samlor stürzte auf die Straße, gerade als die geborstene Kuppel ihrer Spitze dem Obelisken in einen Erdschlund folgte, der sich mit der tiefsten Note einer von Göttern gespielten Orgel aufgetan hatte.

Samlor lag auf der schmutzigen Straße. Rings um ihn brüllten und gestikulierten die Menschen. Der Cirdonier drehte sich auf den Rücken und blickte auf den einstürzenden Tempel.

Eine Wolke schimmernden Staubes erhob sich von ihm. Es gehörte keine große Phantasie dazu, in ihr den Kopf einer Kröte zu sehen.

Walegrin

# Früchte von Enlibar

## Lynn Abbey

Die Orangenhaine an den Hängen waren das einzige, was vom sagenhaften Glanz Enlibars geblieben war. Die tief gesunkenen Abkömmlinge der Herrscher eines Reiches, gegen das Ilsig oder Ranke unbedeutend gewesen wären, verdienten sich ihren kärglichen Lebensunterhalt durch die uralten, knorrigen Bäume. Jede unreife Frucht wickelten sie für die lange Karawanenreise in Blätter, und jede Ernte verschönten sie durch eine Neufassung ihrer Geschichte. Und weil sie geschickt darin waren, überlebten diese einst so stolzen Familien. In ihrer Begabung, alles in Geheimnisse zu hüllen, standen sie den S'danzo kaum nach, und wie die S'danzo würzten sie ihre Geschichten mit Wahrheit und machten es so den Zweiflern schwer.

Einmal im Jahr traten die Orangen von Enlibar ihre Reise nach Freistatt an. Wenn die faustgroßen Früchte fast reif waren, lud Haakon, der Leckereienhändler, sie auf seinen Karren, und bot sie in der Stadt und im Basar feil. Während dieser paar Tage verdiente er so viel, daß er sich teure Geschenke für Frau und Kinder, und die Versorgung seiner Geliebten für ein weiteres Jahr leisten konnte und noch genug Gold übrig hatte, um es zu Gonfred zu bringen, dem einzigen ehrlichen Goldschmied der Stadt.

Der Wert einer Orange war so hoch, daß Haakon das ungeschriebene Gesetz des Basars mißachtete und die besten Früchte für seine Kunden im Statthalterpalast zur Seite legte. Zwei der kostbaren Früchte waren jedoch angeschlagen. Haakon beschloß, sie nicht zu verkaufen, sondern mit seinen Freunden, dem Basarschmied und seiner jungen Frau, der Halbs'danzo Illyra, zu teilen.

Geschickt löste er die Schale der Frucht mit einem Silberwerkzeug mit Einlegearbeit, das nur diesem einen Zweck diente. Als er die Finger wegnahm, fiel die porige Schale zurück, und Illyra stieß ein erfreutes »Oh« aus. Sie griff nach einem Stück der angebotenen Frucht, drückte ein wenig Saft auf ihren Handrücken und leckte ihn mit der Zungenspitze auf. Das war die feine Art, den erlesenen Geschmack des blutroten Saftes zu kosten.

»Das sind die Besten, besser noch als letztes Jahr!« rief sie mit strahlendem Lächeln.

»Das sagst du jedes Jahr, Illyra. Die Zeit stumpft deine Erinnerung ab, der Geschmack bringt sie zurück.« Haakon leckte den Saft von seiner Hand weniger achtsam ab und verschmierte sich den Mund. »Und weil wir von abstumpfender Erinnerung sprechen: Dubro, erinnerst du dich an einen totbleichen Jungen mit strohblondem Haar und wilden Augen, der sich vor etwa fünfzehn Jahren in der Stadt herumtrieb?«

Haakon beobachtete Dubro, der die Augen schloß und nachdachte. Der Schmied war damals selbst noch ein sehr junger Bursche gewesen, aber er war schon immer langsam, entschieden und absolut zuverlässig in seinen Antworten. Illyra mußte zu der Zeit ein kleines Kind am Rockzipfel ihrer Mutter gewesen sein, darum kam Haakon gar nicht auf die Idee sie zu fragen oder auch nur in ihre Richtung zu blicken, während er auf Dubros Antwort wartete. Hätte er Illyra angeschaut, wäre ihm aufgefallen, daß sie zitterte und ein blutroter Tropfen des kostbaren Saftes in den Boden unter ihrem Stuhl sickerte.

»Ja«, murmelte Dubro, ohne die Augen zu öffnen. »An so einen erinnere ich mich: still, bleich – garstig.

Wohnte ein paar Jahre in der Garnison, ehe er verschwand.«

»Würdest du ihn nach all den Jahren wiedererkennen?«

»Nein. Er war einer dieser Bürschchen, die kindlich aussehen, bis sie zum Mann werden, und dann erkennt man das Kind in ihrem Gesicht nie wieder.«

»Glaubst du, daß sein Name ›Walegrin‹ sein könnte?«

Von ihnen nicht beachtet, biß Illyra sich auf die Zunge und versuchte ihre Panik zu unterdrücken, ehe sie auffiel.

»Es könnte sein – nein, sicher bin ich mir nicht. Ich zweifle, daß ihn je jemand beim Namen nannte.«

Haakon zuckte die Schulter, als wäre die Frage ohnehin müßig gewesen. Illyra aß das restliche Stück ihres Teils der Orangen, dann ging sie hinter die Abtrennung in den kleinen Raum, in dem sie ihre Kunden empfing, zündete drei Räucherkegel an und kehrte mit einem Krug Wasser zu den Männern zurück.

»Illyra, ich habe deinen Mann gefragt, ob er mit mir zum Palast kommen würde. Ich habe zwei Säcke Orangen für den Prinzen, und ein Paar kräftige Arme zusätzlich würden mir die Arbeit erleichtern. Aber er sagt, er will dich hier nicht allein lassen.«

Illyra zögerte. Die Erinnerungen, die Haakon geweckt hatte, waren allzu frisch, aber schließlich lag das Ganze fünfzehn Jahre zurück, genau wie er gesagt hatte. Sie blickte zum bewölkten Himmel.

»Das kann er ruhig. Es wird vermutlich regnen, und außerdem hast du in dieser Woche mit deinen Orangen allen das Geld abgeknöpft«, sagte sie mit erzwungener Munterkeit.

»Na also, Dubro. Kümmere dich noch um dein Feuer, dann brechen wir auf. Ehe die ersten Tropfen fallen, bist du zurück und kannst weiter über deiner Arbeit schwitzen.«

Illyra blickte ihnen nach. Furcht stieg in der Schmiede auf – Furcht aus einer nur schwach erinnerten Kindheit. Visionen, die sie mit niemandem geteilt hatte, nicht einmal mit Dubro. Visionen, von denen auch ihre S'danzo-Gabe ihr nicht sagen konnte, was Wahrheit und was Phantasie war. Sie steckte ihr lockiges Schwarzhaar mit Kämmen hoch und ging wieder ins Innere.

Als sie das Bett unter leuchtend bunten Überwürfen und ihre Jugend unter dicker Schminke verborgen hatte, war sie bereit, Kunden zu empfangen. Sie hatte mit ihrer Bemerkung über Haakons Geschäft nicht übetrieben und fand es eigentlich ganz gut, daß seine Vorräte zu Ende gingen. Seit zwei Tagen waren kaum noch Kunden gekommen, und die wenigen, die erschienen, ließen sich erst spät am Tag blicken. Einsam und gelangweilt sah sie zu, wie der duftende Rauch sich in der Düsternis des Raums hochkräuselte und immer neue Formen annahm.

»Illyra?«

Ein Mann schob den schweren Vorhang zur Seite. Illyra erkannte die Stimme nicht. Seine Umrisse verrieten nur, daß er so groß, aber nicht ganz so breit war wie Dubro.

»Illyra? Man sagte mir, ich würde Illyra, die Seherin, hier finden.«

Sie erstarrte. Es kam nicht selten vor, daß ein Kunde eine S'danzo-Prophezeiung übelnahm, obwohl sie stimmte, und deshalb gegen die Seherin vorgehen wollte. Erst vor kurzem hatte ein Mann in der rot-goldenen Livree des Palastes sie bedroht. Sie tastete unter das Tischtuch und holte einen winzigen Dolch aus seiner an ein Tischbein genagelten Scheide.

»Was wollt Ihr?« Sie bemühte sich um eine feste Stimme und begrüßte den Mann wie einen zahlenden Kunden, nicht wie einen möglichen Schurken.

»Mit Euch reden. Darf ich eintreten?« Er hielt inne, wartete auf eine Antwort und fuhr, als keine kam, fort: »Ihr erscheint mir unbegründet mißtrauisch, S'danzo.« Und dann, in weicherem Ton: »Hast du so viele Feinde hier, kleine Schwester?«

Er betrat den Raum und ließ den Vorhang hinter sich zufallen. Illyras Dolch glitt lautlos aus ihrer Hand in die Falten ihrer weiten Röcke.

»Walegrin!«

»So schnell erinnerst du dich? Dann hast du wahrhaftig *ihre* Gabe geerbt?«

»Ja, das habe ich, doch das hat nichts damit zu tun. Ich erfuhr heute morgen, daß du nach Freistatt zurückgekehrt bist.«

»Vor drei Wochen. Hier hat sich kaum etwas verändert, außer zum Schlechten. Ich hatte gehofft, mein Geschäft zum Abschluß bringen zu können, ohne dich belästigen zu mussen. Doch leider bin ich auf Schwierigkeiten gestoßen, und ich bezweifle, daß irgendeine der anderen S'danzo mir helfen würde.«

»Die S'danzo vergessen nie.«

Walegrin setzte sich auf einen von Dubros Stühlen. Das Licht des Kerzenhalters fiel auf sein Gesicht. Es schien ihm nichts auszumachen. Wie Dubro gesagt hatte: In seinem Gesicht war nicht die geringste Spur des ehemaligen Kindes zu sehen. Er war groß und bleich, hager wie die kräftigen Männer, deren sehnige Körper ihre Muskelkraft nicht unbedingt verriet. Sein Haar war sonnengebleicht und erinnerte an brüchiges Stroh. Es war zu vier dicken Zöpfen geflochten und wurde mit einem Bronzereif aus der Stirn gehalten. Selbst für Freistatt bot er eine exotische, barbarische Figur.

»Bist du zufrieden?« fragte er, als ihr Blick zu dem Samt auf dem Tisch vor ihr zurückkehrte.

»Du bist ihm sehr ähnlich geworden«, antwortete sie bedächtig.

»Das glaube ich nicht, 'Lyra. Mein Geschmack ist auf jeden Fall völlig anders als der unseres Vaters – also keine Angst. Ich bin hier, dich um Unterstützung zu bitten. Echte S'danzo-Hilfe, wie deine Mutter sie mir hätte geben können. Ich könnte mit Gold bezahlen, aber ich habe etwas, das dir bestimmt lieber ist.«

Er griff unter seinen mit Bronzenieten verzierten Lederkilt, brachte einen gewichtigen Wildlederbeutel zum Vorschein und legte ihn ungeöffnet auf den Tisch. Illyra machte sich daran ihn zu öffnen, da beugte er sich vor und griff nach ihrer Hand.

»Ich war es nicht, 'Lyra. Ich war in jener Nacht nicht da. Ich rannte genauso weg wie du.«

Seine Stimme trug Illyra fünfzehn Jahre zurück und entfernte die Schleier des Zweifels aus ihrem Gedächtnis. »Ich war damals ein Kind, Walegrin, kaum vier Jahre alt. Wo hätte ich schon hinlaufen können?«

Er gab ihre Hand frei und lehnte sich zurück. Illyra leerte den Beutel auf den Tisch. Sie erkannte nur einige der Halsketten und Armbänder wieder, doch genug, um zu wissen, daß dies hier der gesamte Schmuck ihrer Mutter war. Sie hob eine Kette aus blauen Glasperlen hoch, die auf kremfarbenen Seidenzwirn gereiht waren.

»Sie wurden neu aufgefädelt«, sagte sie.

Walegrin nickte. »Blut zersetzt Seide und stinkt zu den Göttern. Ich hatte keine Wahl. Alle anderen sind unverändert.«

Illyra ließ die Kette auf den Haufen zurückfallen. Er hatte gewußt, daß sie dazu nicht nein sagen konnte. Der ganze Haufen war nicht ein Goldstück wert, doch selbst eine Truhe voll Gold hätte für sie nicht diesen Wert gehabt.

»Also gut, was willst du von mir?«

Er schob den Tand zur Seite und holte aus einem

anderen Beutel eine handflächengroße Tonscherbe, die er behutsam auf den Samt legte.

»Sag mir alles darüber: wo der Rest der Tafel ist; wieso sie brach; was die Zeichen bedeuten – alles!«

Nichts war an dieser ausgezackten Scherbe, was die Veränderung gerechtfertigt hätte, die aus Walegrins Gesicht und Stimme bei ihrer Erwähnung sprach. Illyra sah ein Stück von einem ganz gewöhnlichen orangefarben Steingut mit dichtem, schwarzem Muster unter der Glasur, wie man es in jedem Haushalt finden mochte. Obwohl sie ihre S'danzo-Gabe benutzte, blieb das Stück eine ganz gewöhnliche Scherbe. Illyra blickte auf Walegrins eisig grüne Augen, die nachdenklich zusammengezogenen Brauen, das feste Kinn, das er auf das breite, mit Nieten verzierte Lederband, das er um den Unterarm trug, stützte, und hielt es für besser, ihm nicht zu sagen, was sie tatsächlich sah.

»Ihre Geheimnisse sind tief in ihr verborgen. Ihre Tarnung ist auf den ersten Blick vollkommen. Nur durch eine eingehende Untersuchung kann man ihr die Geheimnisse entlocken.« Sie legte die Tonscherbe auf den Tisch zurück.

»Wie lange wird das dauern?«

»Schwer zu sagen. Die Gabe wird durch die symbolischen Zyklen verstärkt. Es dauert vielleicht länger, bis der Zyklus der Scherbe der gleiche ist ...«

»Ich kenne die S'danzo! Ich war bei ihnen mit dir und deiner Mutter – treib also keine Basarspiele mit mir, kleine Schwester. Ich weiß zuviel.«

Illyra lehnte sich zurück. Der Dolch fiel klirrend aus ihren Röcken auf den Boden. Walegrin bückte sich und hob ihn auf. Er drehte ihn in der Hand und stieß ihn unerwartet durch den Samt in die Tischplatte. Dann drückte er die Handfläche auf die Klinge und bog sie, bis der Griff die Platte berührte. Als er die Hand zurücknahm, blieb die Klinge verbogen.

»Billiger Stahl. Moderner Tand. Der Tod für den, der sich darauf verläßt«, erklärte er und zog ein schmales Messer aus seinem Armband. Er legte es zu den Halsketten und Armbändern. »So, jetzt erzähl mir alles über die Scherbe.«

»Keine Basarspiele. Wenn dein Gesicht nicht etwas anderes verriete, würde ich sagen, es ist eine Scherbe von einem ganz einfachen Steingutstück. Du hast sie schon lange. Es geht nichts aus ihr hervor, als die Verbindung zu dir. Aber vermutlich muß es mehr sein, sonst wärst du nicht hier. Du kennst die S'danzo und das, was du Basarspiele nennst, aber es stimmt – im Augenblick sehe ich nichts. Vielleicht sagt sie mir später mehr. Es gibt Möglichkeiten, die Seherkraft zu stärken – ich werde mich ihrer bedienen.«

Er warf eine Goldmünze auf den Tisch. »Besorge, was du dazu brauchst.«

»Nur meine Karten«, antwortete sie, verwirrt durch seine Geste.

»Hol sie!« befahl er, ohne die Münze zurückzunehmen.

Sie holte die abgegriffene Packung aus der Tiefe ihrer Bluse und legte die Scherbe auf sie, während sie weitere Kerzen und Räucherkegel anzündete. Sie ließ Walegrin zweimal abheben, legte die drei Häufchen vor sich und drehte von jedem die oberste Karte um.

Die Flammendrei: ein Tunnel, der aus dem Licht in die Dunkelheit verlief, mit drei Kerzenhaltern an der Wand.

Der Wald: ein Urwald mit knorrigen Bäumen, grünen Kronen und lebendem Zwielicht.

Die Erzsieben: roter Ton, der Töpfer mit seiner Scheibe und dem Brennofen.

Illyra blickte auf die Bilder, verlor sich in ihnen, ohne Harmonie oder Richtung zu finden. Die Flammenkarte war entscheidend, aber die Anordnung verriet ihr nichts über ihre Bedeutung. Der Wald, symbolisch für die Weisheit aller Zeit, erschien ihr unwahrscheinlich sowohl als Ziel ihres Bruders, als auch als seine Herkunft. Und die Sieben mußte mehr bedeuten, als offensichtlich war. Aber war die Erzkarte in ihrer Schöpfungsbedeutung zu sehen? Oder war der rote Ton das Omen für Blutvergießen, wie so oft, wenn diese Karte von Schurken abgehoben wurde?

»Ich sehe immer noch nicht genug. Basarspiele oder nicht, jetzt ist nicht die geeignete Zeit, diese Sache anzugehen.«

»Ich komme nach Sonnenuntergang wieder – wäre das eine bessere Zeit? Ich habe erst morgen nach Sonnenaufgang wieder Dienst.«

»Für die Karten, ja, natürlich, aber Dubro hat um diese Zeit die Schmiede bereits geschlossen, und ich möchte ihn nicht mit hineinziehen.«

Walegrin versuchte gar nicht, sie umzustimmen. »Ich verstehe. Dann komme ich um Mitternacht. Bis dahin dürfte er fest schlafen, außer du hältst ihn wach.«

Illyra spürte, daß Widerspruch sinnlos wäre. Stumm beobachtete sie ihn, als er den Schmuck, das Messer und die Scherbe wieder einsteckte.

»Wie es bei euch üblich ist, wird erst bezahlt, wenn die Frage ihre Antwort fand.«

Illyra nickte. Walegrin war lange Jahre um ihre Mutter gewesen, dabei hatte er viele der S'danzo-Gebräuche kennengelernt und seines Vaters explosive Eifersucht geweckt. Das Leder seines Kilts knarrte, als er aufstand. Der Augenblick für ein Lebewohl kam und verging. Schweigend verließ er den Raum.

Man machte ihm Platz, wenn er durch die Menge schritt. Es fiel Walegrin hier im Basar besonders auf, weil er früher zwischen den Ständen hindurchgekrochen oder, von Verfolgern gejagt, gelaufen war, und mit Verwünschungen eingedeckt, wenn er beim Stehlen erwischt worden war. An jedem anderen Ort empfand er den ihm gezollten Respekt als angebracht, doch nicht hier, wo er eine Zeitlang zu Hause gewesen war.

Einer der wenigen Männer in der Menge, die ihm an Größe in nichts nachstanden, blockierte ihm flüchtig den Weg. Walegrin betrachtete ihn verstohlen und schloß aus seiner Schmiedeschürze, daß es Dubro war. Seinen kleineren Begleiter hatte er schon mehrmals in der Stadt gesehen, ohne sich jedoch nach seinem Namen oder Beruf erkundigt zu haben. Beide blickten sie aneinander vorbei, um sich gar nicht erst näher kennenlernen zu müssen.

Am Eingang des Basars – einer Reihe von altersschwachen Säulen, die einst von den alten Ilsig-Königen hier aufgestellt worden waren – löste ein Mann sich aus den Schatten und gesellte sich zu Walegrin. Obgleich dieser Mann wie ein Städter gekleidet war, war sein Gesicht doch hager wie das von Walegrin, hart und pergamentähnlich.

»Was konntest du erfahren, Thrusher?« erkundigte sich Walegrin.

»Dieser Mann aus dem Abwind-Viertel, der behauptete, dergleichen lesen zu können …«

»Ja?«

»Wie Ihr wißt, machte Runo sich daran, ihn aufzusuchen. Als er heute morgen nicht zum Dienst erschien, schauten Malm und ich nach ihm. Wir fanden sie beide – und das da.« Er streckte seinem Hauptmann zwei kleine Kupfermünzen entgegen.

Walegrin betrachtete sie und drehte sie auf seiner Hand um, dann warf er sie in den Hafen. »Ich kümmere mich selbst darum«, erklärte er. »Sag den anderen, daß wir heute nacht eine Besucherin in der Kaserne haben werden.«

»Ist gut, Hauptmann.« Thrusher grinste überrascht. »Soll ich die Männer fortschicken?«

»Nein, stell sie als Wachen auf. In letzter Zeit geht alles schief. Zuerst waren es nur ärgerliche Kleinigkeiten, aber jetzt hat Runo dran glauben müssen. Und gerade in dieser Stadt will ich keine Risiken eingehen. Hör zu, Thrusher ...« Walegrin faßte den Mann am Ellbogen. »Diese Frau ist eine S'danzo, meine Halbschwester. Sag das den Männern, damit sie es verstehen.«

»Sie werden es verstehen. Wir alle haben irgendwo Familie.«

Walegrin verzog das Gesicht, und Thrusher wurde klar, daß sein Hauptmann nicht plötzlich weich wurde und sich mit familiären Problemen befaßte.

»Wir brauchen eine S'danzo? Gewiß gibt es doch zuverlässigere Seher in Freistatt als die vom Basar. Unser Gold ist gut und keineswegs knapp.« Wie viele im rankanischen Reich hielt auch Thrusher die S'danzo zu nicht viel mehr befähigt, als Bediensteten Rat bei ihren Liebesproblemen zu geben.

»Diese eine brauchen wir.«

Thrusher nickte und zog sich so unauffällig in die Schatten zurück, wie er aus ihnen gekommen war. Walegrin wartete, bis er allein auf der schmutzigen Straße war, ehe er die Richtung änderte und mit gestrafften Schultern und geballten Fäusten in die verwinkelten Straßen des Labyrinths einbog.

Die Dirnen des Labyrinths waren ein besonderer Schlag, der in den großen Freudenhäusern vor der Stadtmauer nicht willkommen war. Ihre Umarmung brachte einen leicht einen vergifteten Dolch ein, und als Bezahlung für ihre Dienste nahmen sie einem Mann so gut wie alles, was er bei sich trug. Ein ganzer Schwarm dieser Frauen drängte sich um den Eingang des Wilden Einhorns, das für das Labyrinth etwas Ähnliches wie ein Rathaus war, aber sie machten Walegrin lammfromm Platz. Das Überleben im Labyrinth hing von der sorgfältigen Beachtung ungeschriebener Gesetze ab.

Schlechte Luft schlug Walegrin entgegen, als er die Schenke betrat. Einen Augenblick verstummten die Gäste, wie immer, wenn jemand hereinkam. Bei einem Höllenhund – einem Angehörigen des persönlichen Säuberungstrupps des Prinzen – mochte es vorkommen, daß während der gesamten Dauer seines Besuchs nicht ein Wort gesprochen wurde. Aber von einem Garnisonsoffizier, selbst von Walegrin, nahm man an, daß er seinem üblichen Dienst nachging, und so achtete man nicht mehr auf ihn, als auf die anderen Gäste hier, mit derselben unauffälligen Wachsamkeit.

Hakiem, der Geschichtenerzähler, saß auf der Bank, die Walegrin sich ausgesucht hatte. Der kleine Mann mit den schweren Lidern war schlauer, als die meisten vermuteten. Er hatte einen der wenigen Plätze in der Gaststube ausgewählt, von denen aus man einen guten Blick auf sämtliche Türen hatte, und da saß er nun mit einem kleinen Lederkrug Bier vor sich. Walegrin machte einen Schritt in seine Richtung, in der Absicht, ihn zu vertreiben, dann überlegte er es sich jedoch. Seinem Geschäft hier im Labyrinth würde unliebsame Aufmerksamkeit nur schaden.

Von einem nicht ganz so günstigen Platz aus winkte er den Wirt zu sich. Keine anständige Schenkmaid wollte im Einhorn arbeiten, so mußte Buboe selbst bedienen. Er brachte einen schäumenden Krug und einen Augenblick später eine der Enlibar-Orangen, die er hinter dem Schanktisch in einer Schüssel liegen hatte. Walegrin löste die Schale mit dem Daumennagel. Der rote Saft rann über die weiße Innenhaut und bildete Muster, die denen auf der Tonscherbe nicht unähnlich waren.

Ein einarmiger Bettler mit narbigem Gesicht und einem halbblinden Auge kam vorsichtig ins Einhorn und bemühte sich, den unwilligen Blick Buboes möglichst nicht auf sich zu lenken. Während der Zerlumpte von Tisch zu Tisch ging und sich von den Gästen Kupferstücke erbettelte, bemerkte Walegrin das eng gewickelte Tuch unter seinen Lumpen, und wußte, daß sein linker Arm so gut und ganz war wie der rechte, mit dem er die Münzen einsteckte. Die Narbe im Gesicht stammte von einer absichtlich selbstzugefügten Wunde, und die gelbe, eiterähnliche Flüssigkeit, die seine Wange hinunterrann, kam von Samen, die er sich unter die Lider geschoben hatte. Mit einem quälenden Husten meldete der Bettler sich an Walegrins Tisch. Ohne aufzublicken warf der Hauptmann dem Zerlumpten ein Silberstück zu. Er war selbst schon einer unter den Bettlern gewesen und hatte erlebt, wie aus ihrem vorgetäuschten Krüppeldasein so manches Mal schlimme Wirklichkeit geworden war.

Buboe zerquetschte zwischen den schmutzigen Fingernägeln eine Laus, die er aus seinem buschigen Bart geangelt hatte, und als er von dieser Tätigkeit aufblickte, bemerkte er den Bettler und setzte ihn an die Luft. Dann füllte er ein paar Krüge nach, brachte sie den Gästen, und machte sich wieder auf Läusejagd.

Erneut schwang die Tür auf, und ein Mann kam herein, der wie Walegrin geschäftlich ins Labyrinth gekommen war. Mit einem Finger zog der Hauptmann einen kleinen Kreis durch die Luft, woraufhin der Neuankömmling an seinen Tisch eilte.

»Einer meiner Männer fand des Nachts den Tod, weil ich Euren Rat befolgte.« Walegrin blickte dem Mann beim Sprechen grimmig in die Augen.

»Das hörte ich, und der enlibrische Töpfer ebenfalls. Ich bin sofort hierhergeeilt, um Euch zu versichern, daß ich nichts damit zu tun habe, denn ich wußte, daß Ihr mich verdächtigen würdet. Selbst wenn ich Euch betrügen wollte, Walegrin – glaubt mir, so etwas würde ich nie tun, nicht einmal in Gedanken –, hätte ich doch wohl kaum auch den Enlibarer getötet, oder?«

Walegrin brummte etwas Unverständliches. Wer konnte schon sagen, was ein Freistätter alles tun würde, um sein Ziel zu erreichen? Aber der Spitzel sprach vermutlich die Wahrheit. Ein Lügner würde sich nicht wie er benehmen. Und wenn er die Wahrheit sprach, was anzunehmen war, war Runo nur gestorben, weil er gerade bei dem Töpfer gewesen war. Die Münzen bewiesen, daß das Motiv nicht Raub gewesen war. Wahrscheinlich hatte der Töpfer Feinde gehabt. Walegrin nahm sich vor, den Doppelmord in die Garnisonsliste einzutragen, damit der Fall untersucht würde, sobald die Dutzend Fälle vor ihm gelöst waren.

»Nun, ich habe die gewünschte Auskunft nicht erhalten, infolgedessen bezahle ich auch nicht.« Walegrin nahm beim Sprechen den Krug von einer Hand in die andere und drehte ihn. Es sollte neugierigen Augen Gleichgültigkeit vortäuschen, damit sie nicht auf die Wichtigkeit ihres Gesprächs aufmerksam wurden.

»Es gibt noch andere, die Euch zu einem Köder verhelfen können: Markmor, Enas Yorl, selbst Lythande, wenn die Bezahlung stimmt. Betrachtet es lediglich als Verzögerung, mein Freund, nicht als Versagen.«

»Nein! Die Omen werden schlecht. Dreimal habt Ihr es versucht und mir doch nie besorgt, was ich brauche. Ich beende unsere Geschäftsverbindung.«

Der Spitzel lebte noch, weil er wußte, wann es nötig war draufzuzahlen. Höflich nickend und ohne ein weiteres Wort verließ er Walegrin und das Einhorn, ehe Buboe ihn auch nur nach seiner Bestellung gefragt hatte.

Walegrin lehnte sich zurück, verschränkte die Finger hinter dem Kopf und hing, ohne in seiner Wachsamkeit nachzulassen, seinen Gedanken nach. Der Tod Runos hatte ihn mitgenommen, nicht so sehr, weil der Mann ein guter Soldat und langjähriger Kamerad gewesen war, sondern weil sein Tod die anhaltende Macht des S'danzo-Fluchs, der auf seiner Familie lag, bewies. Vor fünfzehn Jahren hatte die S'danzo-Gemeinschaft bestimmt, daß seinem Vater alles, was ihm etwas bedeutet hatte, fortgenommen und vernichtet würde, während er hilflos zusehen mußte. Und um die Sache noch schlimmer zu machen, hatten die S'danzo den Fluch auf fünf Generationen ausgedehnt. Walegrin war die erste Generation. Er fürchtete sich vor dem Tag, da sein Weg sich mit einem eigenen, von ihm vergessenen Kind kreuzen würde, das von ihm so wenig hielt, wie er von seinem schändlichen Vater.

Es war der reinste Wahnsinn gewesen, nach Freistatt zurückzukehren, zum Ursprung des Fluches, trotz des zugesicherten Schutzes durch den Purpurmagier. Ja, Wahnsinn! Die S'danzo hatten sein Kommen gespürt, und der Purpurmagier, der einzige, dem Walegrin zutraute, etwas gegen den Fluch unternehmen zu können, war bereits aus der Stadt verschwunden, ehe er mit seinen Leuten hier ankam. Und nun waren der enlibrische Töpfer und Runo durch die Hand eines Unbekannten umgekommen. Wieviel länger durfte er noch wagen hierzubleiben? Gewiß, es gab viele Magier hier und die Dienste eines jeden ließen sich kaufen, aber jeder war irgend jemandem auf die eine oder andere Weise verbunden. Selbst wenn sie sich ein Bild aus der Inschrift der Scherbe machen konnten, war noch lange nicht sicher, daß sie darüber schweigen würden. Wenn es

Illyra heute nacht nicht gelang, das Problem zu lösen, würde er mit seinen Männern irgendwohin, weit fort von dieser verfluchten Stadt, ziehen.

Walegrin hätte seinen düsteren Gedanken noch länger nachgehangen, hätte ihn nicht der Warnschrei eines Falken herausgerissen: eines Vogels, der sich innerhalb der Stadtmauern von Freistatt weder hören noch sehen ließ. Dieser Ruf war das Alarmsignal seiner Leute. Er legte ein paar Münzen auf den Tisch und verließ ohne auffällige Eile das Einhorn.

Ein zweiter Falkenruf führte ihn durch eine Häuserkluft, die zu schmal war, den Namen Gasse, geschweige denn Straße zu verdienen. Bei jedem Schritt auf einen Hinterhalt gefaßt, schlich Walegrin an geschlossenen Türen vorbei. Erst beim dritten Ruf und nachdem er ein vertrautes Gesicht in der Düsternis entdeckte, ging er schneller.

»Was gibt es, Malm?« fragte er und stieg, ohne nachzusehen, was es war, über etwas Weiches.

»Seht selbst!«

Ein schwacher Lichtschein, der zwischen den dicht beisammenliegenden Dächern auf das Kopfsteinpflaster fiel, erhellte zwei Leichen. Die eine war die des Spitzels, mit dem Walegrin gerade noch im Einhorn verhandelt hatte. Ein Messergriff ragte aus seinem Hals. Die andere war die des Bettlers, dem Walegrin die Silbermünze gegeben hatte. Er hatte auf saubere Art den Tod gefunden, offenbar durch einen, dem Töten nicht fremd war.

»Ich sehe«, murmelte Walegrin.

»Der Bettler folgte dem anderen, als er aus dem Einhorn kam. Ich hatte den Spitzel beschattet, seit wir von Runos Tod gehört hatten. So folgte ich nun beiden. Als der Spitzel bemerkte, daß der Bettler hinter ihm her war, bog er in diese Sackgasse ein – bestimmt aus Versehen –, und der Zerlumpte folgte ihm dicht auf den Fersen. Ich kam zu spät, den Spitzel zu retten, aber ich tötete seinen Mörder.«

Zwei weitere Tote wegen eines Fluches. Walegrin starrte auf die beiden Leichen und lobte Malm für seine Umsicht. Dann schickte er ihn in die Kaserne zurück, um alles für Illyras Besuch vorzubereiten. Die Leichen ließ er in der Sackgasse zurück, wo sie möglicherweise nie entdeckt wurden. Dieses Paar würde er nicht in die Garnisonsliste eintragen.

Walegrin stiefelte durch die ganze Stadt und bot den Eindruck eines Garnisonsoffiziers im Dienst, tatsächlich hätte er es jedoch nicht einmal bemerkt, wenn vor seiner Nase ein Mord geschehen wäre. Zweimal kam er am Basartor vorbei, zweimal zögerte er davor und zweimal ging er weiter, ohne den Basar zu betreten. Bei Sonnenuntergang, als die Priester sich in ihre Tempel zurückzogen und die ersten Freudenmädchen des Abends hier promenierten, befand er sich im Park des Himmlischen Versprechens. Bei Einbruch der Nacht schlurfte er den Breitenweg entlang, hungrig und ähnlicher Stimmung wie als Fünfzehnjähriger, als er in den Hafen hinausgeschwommen war, in jener schrecklichen Nacht, und sich als blinder Passagier auf einem auslaufenden Schiff verkrochen hatte.

In der mondlosen Nacht kehrte die Erinnerung mit niederschmetternder Gewalt ungebeten zurück. In seiner Verderbtheit und besessen von dem Gedanken, seine Gefährtin habe ihn betrogen – was keineswegs der Fall gewesen war –, hatte sein Vater die Frau gemartert und getötet. An soviel konnte Walegrin sich erinnern. Nach dem Mord war er aus der Kaserne zum Hafen gerannt. Das Ende der Geschichte erfuhr er aus Lagerfeuergeschichten, nachdem er selbst Soldat geworden war. Der Mord hatte seinem Vater nicht genügt, er hatte die Leiche auch noch zerstückelt. Kopf und Organe hatte er in die Kanalisation des Palastes geworfen und den Rest in den Kochkessel der Garnison.

In Freistatt gab es keine Nachtwächter, die die Zeit ausriefen. Wenn der Mond am Himmel stand, konnte man wenigstens die Zeit anhand seiner Höhe schätzen, doch ohne ihn, wie heute, war die Nacht wie eine Ewigkeit, und Mitternacht der Zeitpunkt, an dem man steif wurde vom langen Herumsitzen auf dem feuchten Steinhaufen am Breitenweg, und die Erinnerungen einem das Blickfeld zu beschränken drohten. Walegrin kaufte dem ausgemergelten Wächter am Schlachthaus eine Fackel ab und betrat den Basar.

Gleich nach dem zweiten Falkenschrei trat Illyra aus der Schmiede. Sie war in einen dunklen Umhang gehüllt, den sie eng an sich hielt. Ihre Haltung verriet ihre Angst. Walegrin ging stumm und eiligen Schrittes vor ihr her. Als die Kaserne in Sicht kam, nahm er ihren Arm. Sie zögerte nur kurz, dann eilte sie ohne seinen Zuspruch weiter.

Walegrins Männer ließen sich nicht im Aufenthaltsraum sehen, der die Offiziersquartiere von den Mannschaftsunterkünften trennte. Die wiedererwachte Erinnerung trieb Illyra wie ein Tier im Käfig hin und her.

»Du brauchst einen Tisch, Kerzen und was noch?« fragte Walegrin ungeduldig, weil er die Sache hinter sich bringen wollte, und weil er plötzlich daran dachte, daß er sie ausgerechnet hierher zurückgebracht hatte.

»Es ist soviel kleiner als in meiner Erinnerung«, murmelte sie und fügte rasch hinzu: »Nur den Tisch und Kerzen, alles andere habe ich mitgebracht.«

Walegrin schob einen Tisch näher an den Ofen. Während er die Kerzen zusammensuchte, nahm sie den Umhang ab und breitete ihn über den Tisch. Sie trug ein unauffälliges Wollgewand, wie die anständigen Frauen eines besseren Viertels, nicht die grellbunten Röcke und die Bluse einer S'danzo. Walegrin fragte sich, von wem sie es ausgeliehen und ob sie ihren Mann doch eingeweiht hatte. Aber es interessierte ihn nicht wirklich, solange sie den seiner Scherbe anhaftenden Zauber brechen konnte.

»Soll ich dich alleinlassen?« fragte Walegrin, nachdem er die Tonscherbe aus dem Beutel genommen und auf den Tisch gelegt hatte.

»Nein, ich möchte hier nicht alleinbleiben.« Illyra mischte ihre Karten, und in ihrer Nervosität entglitten ihr ein paar. »Ist es zuviel verlangt, um einen Schluck Wein zu bitten und um Auskunft, wonach ich eigentlich suchen soll?« Ein Teil ihrer Selbstsicherheit kehrte zurück, und sie fühlte sich in diesem Raum nicht mehr ganz so verloren.

»Mein Mann Thrusher wollte ein Fest veranstalten, als ich ihm sagte, daß ich heute nacht den Aufenthaltsraum brauche, doch dann erklärte ich ihm, daß ich die Männer hier nicht sehen wolle. Aber es wäre eine arme Kaserne, ärmer noch als Freistatt, fände sich hier keine Flasche.« Hinter einem Schränkchen entdeckte er einen halbvollen Weinbeutel. Er spritzte sich ein wenig daraus in den Mund und schluckte mit schiefem Lächeln. »Nicht der beste Jahrgang, aber genießbar. Ich fürchte allerdings, du mußt aus dem Beutel trinken ...« Er händigte ihn ihr aus.

»Ich trank aus einem Beutel, ehe ich den ersten Becher sah. Es ist nur ein kleiner Trick, den man nie vergißt.« Sie nahm einen Schluck, ohne einen Tropfen zu vergießen. »So, Walegrin«, sagte sie, angeregt durch den abgestandenen Wein. »Walegrin, mir gehen weder deine Töpferscherbe, noch Haakons Orangen aus dem Kopf. Wo ist da die Verbindung?«

»Wenn dieser Haakon Enlibar-Orangen verkauft, ist die Erklärung einfach. Ich habe die Scherbe aus der Ruine der Rüstkammer in Enlibar. Wir durchsuchten sie drei Tage und fanden nur diese einzige. Sollte jemand anderer ein größeres Stück gefunden haben, weiß er nicht, was es ist, denn wenn er es wüßte, würde sich bereits eine Armee sammeln, vor der das Reich erbebte.«

Illyras Augen weiteten sich. »Und alles wegen eines Stücks billigen Tons?«

»Es geht nicht um die Tontafel, teure Schwester. Der Rüstmeister schrieb die Formel für den Enlibar-Stahl auf eine Tontafel und ließ die Glasur von einem Magier verzaubern, damit die Formel nicht entziffert werden kann. Ich spüre den Zauber, aber ich kann ihn nicht brechen.«

»Aber deine Scherbe mag nur ein winziges Stück der Tafel sein«, gab Illyra zu bedenken. Sie strich mit den Fingern über die rauhen Kanten. »Vielleicht nicht einmal ein wichtiges.«

»Für deine S'danzo-Gabe ist die Zeit ohne Bedeutung, nicht wahr?«

»Nun, ja – Vergangenheit und Zukunft stehen uns offen.«

»Dann müßte es dir doch möglich sein, in jene Zeit zurückzublicken, bevor die Glasur angebracht wurde, und die Tafel als Ganzes zu sehen.«

Verlegen scharrte sie mit dem Fuß. »Ja, vielleicht könnte ich sie sehen, aber ...« Sie zuckte die Schultern, und der Wein ließ sie grinsen, »... ich kann nicht lesen.«

Walegrin runzelte die Stirn und dachte über die zweifellos durch den Fluch verursachte Ironie des Schicksals nach. Bestimmt war Illyra imstande, die ungebrochene Tafel zu sehen, aber sie war nicht in der Lage, ihm zu sagen, was daraufstand.

»Deine Karten sind beschriftet.« Er deutete auf die Runenzeichen, in der Hoffnung, sie könne Runen lesen, wenn schon keine normale Schrift.

Wieder zuckte sie die Schultern. »Ich richte mich

nach den Bildern und meiner Gabe. Meine Karten sind nicht von S'danzo gemacht.« Sie schien sich der geringen Herkunft ihrer Karten zu schämen und drehte den Stoß mit den Bildern nach unten, damit die kränkende Schrift nicht mehr zu sehen war. »S'danzo sind Künstler. Wir malen das Schicksal in Bildern.« Sie spritzte sich einen Mundvoll Wein zwischen die Lippen.

»Bilder?« fragte Walegrin nachdenklich. »Könntest du die Tafel deutlich genug sehen, um ein genaues Bild von ihr hier auf den Tisch zeichnen zu können?«

»Ich könnte es versuchen. Getan habe ich so etwas noch nie.«

»Dann probier es jetzt.« Walegrin nahm ihr den Weinbeutel aus der Hand.

Illyra legte die Scherbe auf das Kartenpäckchen und hob beides an die Stirn. Sie atmete aus, bis die Welt dämmrig für sie wurde und die Wirkung des Weines nachließ. Jetzt war sie nur noch eine S'danzo, die jene unerklärliche Gabe nutzte, welche die Urgötter ihrer Art geschenkt hatten. Wieder atmete sie aus und vergaß, daß sie sich in dem Raum befand, in dem ihre Mutter den Tod gefunden hatte. Mit geschlossenen Augen legte sie Kartenpäckchen und Scherbe zurück auf den Tisch und zog drei Karten, mit dem Bild nach oben.

Erzsieben – wie schon einmal: roter Ton, der Töpfer mit Scheibe und Brennofen.

Quecksilber: ein geschmolzener Wasserfall; der alchimistische Vorgänger aller Erze; das As der Erzfarbe.

Erzzwei: Stahl; Kriegskarte; Todeskarte mit kämpfenden Maskierten.

Sie spreizte die Finger, um jede Karte zu berühren und machte sich auf die Suche nach der enlibrischen Rüstkammer.

Der Waffenmeister war alt, seine Hand zitterte, als

er den Pinsel über die ungebrannte Tafel führte. Ein ebenso alter Zauberer stand besorgt neben ihm und blickte immer wieder ängstlich über die Schulter und somit aus der Reichweite von Illyras S'danzo-Gabe. Die Kleidung der beiden war von einer Art, wie Illyra sie noch nie gesehen hatte. Das Bild schwankte, als sie an die Gegenwart dachte, so widmete Illyra sich schnell wieder der Rüstkammer. Sie ahmte die Bewegungen des Waffenmeisters nach, während er die Tafel Reihe um Reihe mit eng beisammenstehenden Zeichen bedeckte. Der Zauberer griff nach der Tafel und streute feinen Sand darauf. Dazu singsangte er in einer Sprache, die für Illyra so unverständlich war wie die Schriftzeichen. Sie spürte jetzt den Beginn des Zaubers und zog sich durch die Zeit zurück in die Kaserne von Freistatt.

Walegrin hatte den Umhang, den sie als Tuch benutzt hatte, vom Tisch gezogen und ihr einen Kohlestift in die Hand gedrückt, ohne daß sie es bemerkt hatte. Flüchtig verglich sie ihr Gekritzel mit den Zeichen auf der Tafel, denn noch stand das Bild vor ihrem inneren Auge. Dann war es verschwunden, und sie war vollends zurückgekehrt und beobachtete Walegrin, der auf den Tisch starrte.

»Ist es das, was du wolltest?« fragte sie.

Walegrin antwortete nicht, sondern warf zynisch lachend den Kopf zurück. »Ah, meine Schwester! Wie schlau das Volk deiner Mutter ist! Ihr Fluch reicht bis zum Anbeginn der Zeit zurück. Sieh dir das an!«

Er deutete auf die abgeschriebenen Zeilen. Gehorsam betrachtete Illyra sie eingehend.

»Das ist nicht, was du wolltest?«

Walegrin nahm die Quecksilber-Karte und deutete auf die Zeichen unter dem Wasserfall. »Das sind die Runen, die benutzt wurden, seit Ilsig seine Größe erreichte. Aber das ...« Er fuhr mit dem Nagel einen Schnörkel auf dem Tisch nach. »... ist älter als Ilsig.

Bei Calisard, Vortheld und tausend Göttern längst gefallener Soldaten, wie dumm ich war! Seit Jahren bin ich hinter dem Geheimnis des enlibrischen Stahles her und ahnte nicht einmal, daß die Formel so alt ist, wie die Ruine, in der wir die Scherbe fanden!«

Illyra langte über den Tisch und nahm seine wütend geballte Faust in die Hände. »Gewiß gibt es noch welche, die dies lesen können? Wie sehr kann eine Schrift sich denn von einer anderen unterscheiden?« fragte sie mit der Unschuld jener, die nicht lesen können.

»So sehr wie die Sprache der Raggah von deiner.«

Illyra nickte. Jetzt war wohl nicht die richtige Zeit, ihm zu sagen, daß die Raggah mit den Händen gestikulierten und sich so verständigten, wenn sie in den Basar kamen, weil niemand ihre Sprache hören sollte. »Du könntest zu dem Skriptorium am Statthalterweg gehen, sie handeln dort mit Schrift, wie der blinde Jakob mit Obst – da ist es ganz egal, was sie lesen sollen, solange sie dafür bezahlt werden«, schlug sie vor.

»Du verstehst nicht, 'Lyra. Wenn die Formel wieder bekannt wird, wird es zu Mord und Totschlag kommen. Herrscher werden ihre Armeen mit Enlibar-Stahl bewaffnen und über ihre Nachbarn herfallen. Kriege werden das Land verwüsten, und die Menschen werden sterben wie die Fliegen.« Walegrin beruhigte sich ein wenig und kopierte die Zeichen auf ein Stück Pergament.

»Aber du willst sie doch haben!« Illyras Stimme klang anklagend.

»Seit zehn Jahren kämpfe ich für Ranke. Ich bin mit meinen Leuten weit in den Norden gekommen, jenseits der Steppe. In jenen Landen gibt es Nomaden, die uns nicht fürchten. In tausendfacher Übermacht schritten sie durch unsere Reihen wie ein Messer durch weichen Käse. Wir mußten uns zurückziehen, und der Kaiser ließ unsere Offiziere als Feiglinge hängen. Wieder rückten wir vor, mit neuen Offizieren, und wurden erneut zurückgeworfen. Ich wurde in den Offiziersstand erhoben und befürchtete schon, wir müßten es ein drittes Mal versuchen. Aber Ranke hat leichter zu eroberndes Gold im Osten entdeckt, und die Armee ließ ihre Toten auf dem Schlachtfeld liegen, um hinter irgendeiner anderen kaiserlichen Idee herzujagen.

Ich erinnerte mich an die Geschichten über Enlibar. Ich hatte mich dort eine Weile versteckt, nachdem ich damals von hier geflohen bin. Mit Enlibar-Stahl kämen meine Männer gegen die Nomaden an, und man würde mich nicht als Feigling hinstellen.

Ich fand Leute in der Hauptstadt, die sich meine Pläne anhörten. Sie kannten die Armee und das Kampfgebiet. Sie sind nicht die Freunde eines engstirnigen Kaisers, der noch nie über den Paradeplatz hinausgekommen ist, und sie wurden meine Freunde. Sie sorgten dafür, daß ich die Ruine mit meinen Männern durchsuchen konnte, und verschafften uns die Posten hier in der Garnison, als alles darauf hindeutete, daß die Antwort in Freistatt liegt. Wenn ich mit der Formel zu ihnen zurückkehren kann, wird die Armee nicht mehr der Prügelknabe träger Kaiser sein. Eines Tages würden Männer herrschen, die etwas von Stahl und Blut verstehen ... Aber ich habe versagt. Der verdammte S'danzo-Fluch ist mir vorausgeeilt. Der Zauberer war verschwunden, ehe ich hierherkam, und meine Träume werden mit jedem Schritt, zu dem ich mich entschließe, unerfüllbarer.«

»Walegrin«, sagte Illyra, »so mächtig sind die S'danzo nicht. Sieh dir die Karten an. Ich kann zwar deine Schrift nicht lesen, wohl aber die Zeichen, und da ist kein Fluch in deinem Leben. Du hast gefunden, weshalb du hierherkamst. Roter Ton bringt Stahl durch den Erzherrscher Quecksilber. Sicher, Quecksilber täuscht, aber nur, weil seine Tiefen verborgen sind. Quecksilber wird dich dieses Gekritzel in etwas verwandeln lassen, was dir besser gefällt.« Nun war sie wieder ganz S'danzo und ließ ihn teilhaben an ihrer Weisheit. Doch ohne die grellen Farben und die Schminke waren ihre Worte noch ehrlicher und drängender.

»Derselbe Fluch lastet auch auf *dir!* Du liegst mit deinem Mann und hast doch keine Kinder.«

Illyra wich mit großen Augen vor ihm zurück. »Ich – ich benutze die S'danzo-Gabe, ich muß an ihre Macht glauben. Du aber suchst die Macht des Stahles und des Krieges. Du brauchst nicht an das zu glauben, was S'danzo verkörpert. Du brauchst die S'danzo nicht zu fürchten. Du bist davongelaufen – bist entkommen! Der einzige Fluch, der auf dir lastet, ist der deiner eigenen Schuld.«

Sie vermied es, ihm ins Gesicht zu sehen und sammelte ihre Karten ein, ganz vorsichtig, damit ihre zitternden Finger nur ja keine auf den rauhen Holzboden fallenließen. Dann schüttelte sie ihren Umhang aus und fand im Peitschen des schweren Stoffes ein wenig Erleichterung von ihrem Zorn. »Ich habe deine Fragen beantwortet, und nun hätte ich gern meine Bezahlung, wenn ich bitten darf.« Sie streckte die Hand aus, immer noch ohne ihm ins Gesicht zu sehen.

Walegrin löste den Wildlederbeutel vom Gürtel und legte ihn auf den Tisch. »Ich hole die Fackel und bringe dich zum Basar zurück.«

»Nein. Ich nehme die Fackel und gehe allein.«

»Für eine Frau sind die Straßen nachts nicht sicher.«

»Ich bin nicht das erste Mal im Dunkeln unterwegs.«

»Ich werde dich von einem meiner Leute begleiten lassen.«

»Na gut«, gab Illyra nach, innerlich erleichtert über den Kompromiß.

Aus der Schnelligkeit, mit der der Soldat herbeikam, schloß Illyra, daß er die ganze Zeit vor der Tür gestanden und alles mitangehört hatte, was sie gesprochen hatten. Aber was machte das schon? Der Mann nahm die Fackel und ging dicht vor ihr, wachsam und pflichtbewußt, und versuchte nicht, mit ihr ins Gespräch zu kommen. Am Basartor ging Illyra voraus, da sie, im Gegensatz zu ihm, den Weg durch das Labyrinth der Buden und Stände kannte.

Ohne ein Lebewohl schlüpfte sie in die Dunkelheit der Schmiede. Sie brauchte hier kein Licht, um sich zurechtzufinden. Flink und leise zog sie sich aus, faltete die Kleidung ordentlich zusammen, und legte den Wildlederbeutel zu ihren anderen Habseligkeiten, an denen ihr Herz hing, ehe sie sich ins warme Bett kuschelte.

»Wie gut, daß du zurück bist. Ich war schon soweit, nach dir zu sehen. Hat er dir alles gegeben, was er versprach?« fragte Dubro.

»Ja, und ich beantwortete alle seine Fragen. Er hat jetzt die Formel für den Enlibar-Stahl, was immer das ist, und wenn er es ehrlich meint, kann er viel daraus machen.« Ihre Spannung löste sich in einer Reihe schwacher Zuckungen, und Dubro drückte sie an sich.

»Enlibar-Stahl«, murmelte er. »Die Schwerter der Sagen waren aus Enlibar-Stahl. Der Mann, der jetzt solchen Stahl hätte, wäre keiner, den man übergehen könnte – auch nicht, wenn er nur ein Schmied wäre.«

Illyra zog die Decke über die Ohren und tat, als hörte sie nicht.

»Naschwerk! Leckereien! Die besten im Basar! Die besten in ganz Freistatt!«

Haakon schob seinen Karren durch die Gassen zwischen den Ständen, ehe die Käufermenge in den Basar kam. Die eine Gesichtshälfte geschminkt, die andere noch jugendlich rosig, rannte Illyra aus ihrem

Haus, um die Frühstücksleckerbissen für Dubro und sich zu kaufen.

»Es gibt Neuigkeiten in der Stadt«, sagte Haakon, während er drei Pastetchen auf Illyras Teller schob. »Gleich zwei. Der Garnisonstrupp, der Nachtwache hatte, verließ einfach die Stadt. Und der verkrüppelte Schreiber aus der Rüstmeisterstraße wurde unter viel Geschrei davongeschleppt. Natürlich war keine Wache da, die ihm zu Hilfe hätte eilen können. Und die Höllenhunde erachten es unter ihrer Würde, durch die ruhigeren Viertel zu patrouillieren«, ereiferte sich Haakon. Sein Ärger rührte, zumindest zum Teil, daher, daß er selbst in den oberen Stockwerken eines Hauses in der Rüstmeisterstraße wohnte.

Illyra blickte Dubro an, der bedächtig nickte.

»Ob beides zusammenhängt?«

»Pah! Was könnten fliehende Garnisonssoldaten von einem Mann wollen, der fünfzehn tote Sprachen beherrscht, aber nicht einmal ein Glas an den Mund heben kann, ohne daß ihm jemand dabei hilft«, sagte Haakon abfällig. Ja, was wohl?

Dubro kehrte in seine Schmiede zurück, und Illyra starrte über die Basarmauer zum Palast, der sich am Nordende der Stadt erhob. Haakon, der auf seine Neuigkeiten eine weniger mysteriöse Reaktion erwartet hatte, brummte ein gekränktes Lebewohl und schob seinen Karren zu einem Stand, an dem er sich größeres Interesse erhoffte.

Die ersten Käufer aus der Stadt waren zu hören, wie sie mit anderen Händlern feilschten. Illyra eilte hastig unter den Schutz ihres Daches zurück, um ihre tägliche Verwandlung in eine alte S'danzo zu vollenden. Sie nahm Walegrins drei Erzkarten aus ihrem Päckchen und gab sie in den Beutel mit dem Schmuck ihrer Mutter, dann zündete sie das Räucherwerk des sanften Vergessens an und begrüßte den ersten Kunden des Tages.

Alten
Stulwig

# Der Traum der Zauberin

## A. E. van Vogt

In schwärzester Finsternis riß der Schrei Stulwig aus dem Schlaf. Einen Augenblick blieb er wie gelähmt liegen. Wie jeder Bewohner Freistatts, dieser alten, verruchten Stadt mit ihrem lichtscheuen Gesindel, war sein erster Gedanke, daß das Opfer eines Überfalls diesen entsetzlichen Schrei ausgestoßen hatte. Er hatte seiner Treibhauswohnung im ersten Stock so nahe geklungen, wie …

Er stockte. In aufflackernder Selbstverdammung wurde es ihm klar.

Schon wieder!

Sein ganz besonderer Alptraum! Aus dem verborgensten Teil seines Gedächtnisses war er gekommen, in den er diese schlimme Erinnerung verbannt hatte. Nie war sie ganz klar, ja vielleicht nicht einmal wirklichkeitsgetreu. Aber mehr wußte er nicht über jene Nacht vor drei Jahren, als er seines Vaters Todesschrei im Schlaf gehört hatte.

Er hatte sich aufgesetzt, stützte sich auf die Bettkante, und dachte schuldbewußt: Wäre ich nur dieses erste Mal in seine Schlafkammer gelaufen, um nachzusehen!

Statt dessen hatte er die Leiche mit dem entsetzlich verzerrten Gesicht und der durchschnittenen Kehle erst am Morgen entdeckt. Es sah jedoch nicht so aus, als hätte ein Kampf stattgefunden. Das war merkwürdig. Um so mehr, als sein Vater mit seinen fünfzig Jahren bei seiner körperlichen Verfassung geradezu als Aushängeschild für die Heilkünste hätte dienen können, denen sie beide sich verschrieben hatten. Wie er so im hellen Tageslicht dalag, hatte sein stämmiger Körper so kräftig und vital wie der seines dreißigjährigen Sohnes ausgesehen.

Die allzu lebendigen Bilder dieses Unglücks begannen zu verblassen. Stulwig legte sich wieder auf das Schafsfell und deckte sich zu. In der anhaltenden Dunkelheit lauschte er dem Wind, der um eine Ecke seines Treibhauses pfiff. Es war ein heftiger Wind. Er spürte das schwache Zittern der Schlafkammer. Er war noch nicht wieder eingeschlafen, als er nach einer Weile aus der Ferne einen gedämpften Schrei vernahm – von einem, der draußen im Labyrinth ermordet wurde?

Eigenartigerweise beruhigte ihn dieser Gedanke schließlich.

Er brachte seine innere Welt mit Hilfe der äußeren Wirklichkeit ins Gleichgewicht. Immerhin war dies Freistatt, wo zu jeder Stunde, in jeder Nacht, ein Menschenleben gewaltsam endete.

Es war noch viel, viel zu früh, auch nur daran zu denken, etwas Sinnvolles zu tun. Nicht, wenn der Wind durch die dunklen, schmutzigen Straßen blies. Auch nichts im Zusammenhang mit dem schrecklichen Traum, der ihn so unsanft in die Wirklichkeit zurückgeführt hatte. Es gab eigentlich nichts, was er tun konnte, außer sich noch einmal umzudrehen und …

Erneut wurde er aus dem Schlaf gerissen. Doch diesmal war es bereits hell. Jemand klopfte an die Außentür, zwei Räume entfernt.

»Einen Moment!« rief er.

Natürlich brauchte er länger als einen Moment. Er mußte erst aus dem Schlafgewand und in sein Heilergewand und die Schuhe schlüpfen. Dann eilte er durch den hellen Sonnenschein des Treibhauses und die Düsternis des Korridors zu der schweren Tür mit der trichterförmigen kleinen Öffnung in Mundhöhe.

Auf sie preßte Stulwig seine Lippen und fragte: »Wer ist da?«

Die Stimme, die ihm antwortete, gehörte einer Frau. »Ich bin's, Illyra. Allein.«

Die Seherin! Stulwigs Herz schlug schneller, von Hoffnung erfüllt. Eine neue Chance, ihre Gunst zu gewinnen! Und allein – das war ungewöhnlich so früh am Morgen.

Hastig zog er den Riegel zurück und schwang die Tür an seiner hageren Gestalt vorbei auf. Und dort stand sie im Dämmerlicht am Kopfende der Treppe. Sie war so gekleidet, wie er sie in Erinnerung hatte, in zahllose Röcke, Bluse und S'danzo-Schultertücher. Leider war das schöne Gesicht bereits auf S'danzo-Art bis zur Unkenntlichkeit geschminkt.

Sie sagte: »Alten, ich habe von Euch geträumt.«

Da war etwas in ihrem Ton, das nichts Erfreuliches ahnen ließ. Unwillkürlich schauderte Stulwig. Die Zauberin in ihr wollte ihm etwas mitteilen.

Er verstand jetzt, weshalb sie allein gekommen war. Was sie ihm zu bieten hatte, machte das Verlangen eines Mannes nach einer Frau unbedeutend. Und sie erwartete, daß er das erkannte.

In der offenen Tür stehend, wurde Stulwig bewußt, daß er zitterte. Ein Traum. Der Traum einer Zauberin!

Er schluckte, fand seine Stimme, aber sie mußte sich tief in die Kehle zurückgezogen haben, denn sie klang rauh. »Was wollt Ihr?«

»Ich brauche dreierlei Mittel von Euch. Stypia, Gernay und Dalin.«

Jetzt war der richtige Augenblick, seine Chance zu nutzen. Zu einer Zeit wie dieser gab es nicht viele Opfer in Freistatt. Aus langer Erfahrung machte Stulwig sein Angebot: »Stypia und Gernay für den Traum. Für das Dalin eine Stunde in meinem Bett heute abend.«

Schweigen. Die klaren Augen verloren ihren Glanz.

»Na so etwas!« staunte Stulwig. »Ist es möglich, daß Ihr mit Eurer Sehergabe glaubt, es gäbe diesmal kein Ausweichen?«

Zweimal bereits hatte sie sich notgedrungen zu einem Stelldichein mit ihm bereiterklärt. Doch beide Male hatte sich eine Reihe von Umständen ergeben, die ihre Hilfe erforderten, und dafür hatte sie die Entbindung aus ihrer Zusage verlangt.

Stulwigs Stimme wurde sanfter. »Es ist wahrhaftig Zeit, meine Schöne, daß Ihr erfahrt, wieviel vergnüglicher es für eine Frau ist, das Gewicht eines normalen Mannes auf sich zu spüren, statt der gewaltigen Masse von Muskeln Eures Schmiedes, der Euch auf kaum erklärliche Weise eroberte, als Ihr noch zu jung wart, etwas davon zu verstehen. Also, wie ist es? Hand drauf?«

Sie zögerte kurz, doch dann nickte sie.

Der Handel war geschlossen. Das bedeutete, daß die Ware sofort zur Verfügung stehen mußte. »Wartet«, bat er.

Er selbst ließ sich keine Zeit. Er eilte zum Treibhaus.

Er nahm an, ihre Gabe habe ihr verraten, daß er ahnte, für wen sie das Dalin brauchte. Er war verständnisvoll. Dieser Prinz! dachte er. Obwohl man die Frauen oft genug darauf hingewiesen hatte, wann sie empfangen konnten und wann nicht, brachten seine Konkubinen es offenbar nicht fertig, den jugendlichen Statthalter in seiner Unersättlichkeit davon abzulenken, seine Gunst auch der Frau zuzuwenden, bei der – nach der Weisheit der Zauberin berechnet – gerade die Möglichkeit einer Empfängnis bestand.

Und so war eine Abtreibung erforderlich, und dafür ein Mittel, das sie herbeiführte.

In seiner freudigen Erregung hatte der Heiler seinen Alptraum fast vergessen. Er bemühte sich um einen klaren Kopf und suchte das Gewünschte zusammen. Das Stypia kam von einer blühenden Kletterpflanze, die sich am ganzen hinteren Ende des großen, hellen Treibhauses ausgebreitet hatte. Jemand würde das Mittel gegen hartnäckige Kopfschmerzen einnehmen. Das Gernay war eine Mischung aus zweierlei Wurzeln, einer Blume und einem Blatt, alles fein zerstampft. Es wurde mit kochendem Wasser überbrüht, mußte eine Weile ziehen und mehrmals am Tag ein Becher davon getrunken werden, wenn es wirken sollte. Es war ein Mittel gegen Verstopfung.

Während er sich beeilte, die drei Mittel einzeln in winzige Beutel zu geben, malte er sich aus, wie Illyra ihre kleine Behausung verlassen hatte. In einem günstigen Augenblick war sie durch die schwarzen Vorhänge geschlüpft, die sie vor neugierigen Blicken schützten. Er stellte sich ihr Ein-Raum-Zuhause in einem düsteren Teil des Labyrinths vor. Sich zu dieser frühen Morgenstunde aus der armseligen Unterkunft zu wagen, war nicht unbedingt das Klügste, auch nicht für eine Seherin. Aber natürlich hatte sie ihre Gabe, die sie leitete, so daß sie von einer Dekkung zur anderen huschen konnte, genau im rechten Augenblick, um sich nicht in Gefahr zu bringen. Und dann, wenn sie erst die schmale Treppe zu seiner Dachwohnung erreicht hatte, brauchte sie sich bloß noch zu vergewissern, daß niemand auf der Treppe selbst lauerte.

Er nahm die drei Beutelchen und kehrte damit zu

Illyra zurück. Zwei drückte er in ihre schlanken Hände. Und da war er wieder, der Grund ihres Besuchs: der besondere Traum.

Er wartete, wagte nicht, etwas zu sagen, denn plötzlich spürte er diese innere Anspannung wieder.

Aber Illyra brauchte keine Aufforderung. Sie sagte: »In meinem Traum kam Ils in Gestalt eines zornigen jungen Mannes zu mir und sprach von Euch. Aus seinem heftigen Benehmen zu schließen, ist er ergrimmt über Euch.« Sie endete: »In seiner menschlichen Gestalt hatte er peschschwarzes Haar, das ihm bis zu den Schultern reichte.«

Schweigen herrschte. Aus einem inneren Kern der Furcht breitete sich in Stulwig eine seltsame Leere aus, eine Taubheit, die überall zu sein schien.

»Ils!« krächzte er schließlich.

Das Unmögliche!

Man erzählte sich, daß der Hauptgott des alten Ilsig hin und wieder höchstpersönlich in menschliche Geschicke eingriff. Daß er dazu jetzt offenbar Alten Stulwig auserkoren hatte, bedeutete zweifellos nichts Gutes.

Illyra schien zu wissen, was in Stulwig vorging. »Es hat etwas mit Eurem Vater zu tun«, sagte sie leise. Sie streckte die Hand aus und griff sanft nach dem dritten Beutelchen. Widerspruchslos überließ Stulwig es ihr. Wie betäubt blickte er ihr nach, als sie sich umdrehte und die Treppe hinuntereilte. Kurz danach öffnete und schloß sich die Haustür, und einen Augenblick lang drang Licht von draußen ins Treppenhaus, und flüchtig sah er die Gasse, und daß Illyra sich offenbar nach links wenden wollte.

Ils!

Den ganzen Vormittag, während er die Kranken behandelte, bemühte Stulwig sich, den Gedanken an den Gott zu verdrängen. Einige der Heilbedürftigen redeten wie ein Wasserfall über ihre verschiedenen Leiden, und ausnahmsweise unterbrach er sie heute nicht dabei. Die dahinplätschernden Stimmen lenkten ihn zumindest eine Weile von seiner Ahnung eines bevorstehenden Unglücks ab. Er war es gewohnt, alles aufzunehmen, zu vergleichen und dann zu einem Befund zu kommen. Und irgendwie gelang es ihm auch heute, trotz der inneren Betäubung.

Anhaltende Leibschmerzen ... »Was habt Ihr gegessen?« Blüten der Agris brachten ein Silberstück ein.

Stechen in der Brust. »Wie lange? Wo genau?« Während er beobachtete, mußte der Leidende die Wurzel der schwarzen Melles kauen und schlucken, und dafür eine kleine rankanische Goldmünze bezahlen.

Länger anhaltendes Zahnfleischbluten. Er händigte dem Patienten Blütenblätter und Staubfäden einer Rose und gestampfte Weizenkornhülsen aus, mit der Anweisung: »Nehmt morgens und abends einen Löffelvoll davon ein.«

Dutzend ähnliche Fälle hatte er. Alle Hilfesuchenden waren über ihre Leiden beunruhigt und verängstigt. Und einer nach dem anderen nahm seine Zeit in Anspruch, bis es fast Mittag und der letzte behandelt war. Und als er allein war, überwältigte ihn wieder der schreckliche Gedanke an den mächtigen Ils, dessen Zorn er sich irgendwie zugezogen haben mußte.

Was kann er bloß von mir wollen?

Immer wieder stellte er sich diese Frage. Nicht, was Alten Stulwig tun konnte, in dieser schrecklichen Lage, sondern was diese Gottheit mit ihm vorhatte, oder was sie von ihm wollte.

Es war bereits Mittag, als die zweite Möglichkeit,

außer Herumzusitzen und auf weitere Hinweise zu warten, seine Gedanken durchdrang.

Jetzt hängt es von mir ab! Ich sollte gewisse Leute um Rat fragen! Und mit plötzlicher Hoffnung: oder um Auskunft!

Nun hatte er wenigstens etwas, das er tun konnte!

Da bedurfte noch eine Nachzüglerin seiner Heilkünste. Doch als die ziemlich dicke Frau gegangen war, mit ihrem kleinen Lederbeutel in der fettigen Hand, schlüpfte Stulwig hastig in seine Straßenstiefel und griff nach seinem Stock. Augenblicke später rannte er bereits, zwei Stufen auf einmal nehmend, die Treppe hinunter.

Unten angekommen hielt er an und spähte vorsichtig aus der Tür. Er schaute nach links und rechts. Links bog eine Gasse ab. Während sein Blick hin und her wanderte, schloß er, daß Illyra am Morgen in diese Gasse eingebogen war.

Obwohl er nicht verstand, warum sie das getan hatte, wenn sie doch nach rechts hätte gehen müssen, um nach Hause zu gelangen. Die Gasse zu nehmen, bedeutete einen langen Umweg für sie …

Um dorthin zu kommen, wohin er jetzt wollte, mußte er an ihrer Bude vorbei. Und so, mit dem Stock in der Hand, marschierte er nach rechts. Ein paar Dutzend Schritte brachten ihn zu einer verkehrsreichen Durchgangsstraße. Wieder hielt er an und ließ seinen Blick wandern. Nicht, daß er sich zu dieser Stunde hier bedroht fühlte. Was er hier sah, war das übliche Gedränge. Da waren die schmächtigen Westcaronner in ihrer Kleidung aus Satin, die gleichmütig zwischen den größeren Menschen in den dunklen Kitteln aus dem fernen Süden des Reichs dahinspazierten. Ebenso sorglos benahmen sich die rotgekleideten Seeleute auf Landurlaub von einem cleeanischen Schiff. Da und dort sah er auch S'danzo, die ihn in ihren unförmigen Röcken an Illyra erinnerten. Auch Menschen anderer Rassen und in anderer Kleidung sah er genügend. Sie waren alle etwa von der gleichen Art: die zerlumpten Armen, die Diebe, die Bettler – einander zu ähnlich, um sie ohne weiteres auseinanderhalten zu können.

Eine kurze Weile, während er so dastand, vergaß Stulwig sein Problem. Ein großes Staunen löste es ab, wie er es nicht zum erstenmal empfand.

Ich! Hier in dieser phantastischen Welt!

Alle diese Leute! Diese Straße mit ihren alten Häusern, Türmen und Tempeln. Und die Bedeutung von all dem, die bis weit in eine sagenhafte Geschichte zurückreichte.

So dastehend, vergaß Stulwig fast, wohin er wollte. Und als er wieder daran dachte, hatte die Erinnerung eine andere Form angenommen.

Eine praktischere. Als wäre das, was er beabsichtigte, ein erster Schritt von mehreren, die ihn schließlich – wohin führen würden?

Eine Gedankenpause.

Es war der erste noch verschwommene Hinweis, wie ihm da bewußt wurde, daß er noch ein Ziel hatte, außer dem, sich lediglich Information zu beschaffen. Aber zunächst, natürlich, die Tatsachen. Ohne sie ging es nicht.

Irgendwie war alles plötzlich klarer. Während er weiterging, war ihm fast, als stecke in seinem Vorhaben gleichzeitig die Lösung.

Bald kam er an Illyras Bude vorbei. Unwillkürlich war er enttäuscht, als er sah, daß die schwarzen Vorhänge zugezogen waren.

Stulwig ging in Richtung Westen weiter, aus der Stadt hinaus, über die Brücke des Schimmelfohlenflusses. Er achtete nicht auf die stumpfen Blicke der Abwinder, während er an ihren armseligen Hütten vorüberkam, und er verlangsamte den Schritt erst, als er sein Ziel erreicht hatte: ein mauerumzäuntes Landhaus. Ein Söldner hielt Wache in dem riesigen Hof. Stulwig war mit der Sprache seinesgleichen vertraut. Er holte zwei Kupferstücke hervor und streckte sie dem Mann entgegen.

»Sag Jubal, daß Alten Stulwig ihn gern sprechen möchte.«

Die Kupferstücke wechselten den Besitzer und fanden einen neuen Platz in der Schlitztasche eines engen Wamses. Mit Baritonstimme meldete der Wächter den Besucher ...

Stulwig betrat den Thronsaal und sah den Mann mit der glänzend schwarzen Haut auf dem Thron sitzen. Höfisch verbeugte er sich in Richtung des Throns, woraufhin Jubal seinen Besucher näherwinkte. Und dann hörte der Schwarze sich stirnrunzelnd seine Geschichte an.

Trotz der finsteren Miene sprach keine Ablehnung oder gar Feindseligkeit aus den schlauen Augen, nur Interesse. Schließlich, als Stulwig geendet hatte, sagte der Kaufmann. »Wenn ich richtig verstehe, glaubt Ihr, einer meiner zahllosen Spitzel könnte vielleicht zur Zeit des Todes Eures Vaters etwas gehört haben, das Euch einen Hinweis böte. Kurz gesagt, eine Information, die nicht einmal Eurer Zauberin bekannt ist.«

»Ich hoffe es zumindest«, bestätigte Stulwig.

»Und wieviel seid Ihr zu zahlen bereit, wenn ich mich an etwas Nützliches erinnere, das mir beiläufig vor mehr als drei Jahren berichtet wurde?«

Stulwig zögerte und hoffte, daß sein sonnenverbranntes Gesicht seine Verzweiflung verbarg. Dazu war die rauhe, sonnengedörrte Haut gut geeignet, sie half ihm hin und wieder, seine Gefühle zu verbergen. Er ahnte, daß Jubal viel verlangen würde, und dem entgegenzuwirken, war, glaubhaft so zu tun, als beschäftige ihn lediglich Neugier. »Nun«, antwortete er in seinem vertrauenerweckendsten Heilerton, »Ihr braucht nichts für Eure nächsten beiden Besuche bei mir zu bezahlen ...«

»Der Preis für das, woran ich mich erinnere«, sagte der kräftige Schwarze, »ist ein mittleres rankanisches Goldstück *und* die beiden freien Behandlungen.«

Eine lange, drückende Pause folgte. All diese Umstände und Kosten für einen Mann, der sich selbst nichts zu schulden hatte kommen lassen. Es erschien Stulwig unfair.

»Vielleicht, wenn Ihr mir die Auskunft gebt«, schlug er vor, »könnte ich entscheiden, ob der Preis gerechtfertigt ist.«

Er war überrascht, als Jubal nickte. »Durchaus vernünftig. Wir sind beide Männer von Wort.« Der gewichtige Mann schürzte die Lippen, als dächte er nach. Schließlich sagte er: »Am Morgen, nachdem Euer Vater starb, sah einer der Leute, die des Nachts für mich unterwegs sind, Vashanka aus der Tür Eures Hauses kommen – wohlgemerkt, nicht durch die Türöffnung, sondern aus der Tür selbst. Mein Mann sah ihn als Lichtgestalt – er schritt ein Stück die Straße entlang und verschwand plötzlich in einem Leuchten wie ein Blitz. Da dieses Blitzen die ganze Straße erhellte, wurde es auch noch von einigen anderen Personen gesehen, die den Grund dafür nicht kannten.«

Jubal fuhr fort. »Ihr sollt wissen, daß nach einer alten Sage ein Gott nur dann durch etwas Festes wie eine Tür oder Mauer gehen kann, wenn ein zweiter Gott in der Nähe auf der anderen Seite ist. Also ist anzunehmen, daß Vashanka das Haus auf die beschriebene Weise verlassen konnte, weil eine andere Gottheit auf der Straße stand. Allerdings sahen meine Leute dieses zweite überirdische Wesen nicht.«

»A-a-a-ber!« Stulwig hörte ein Stammeln. Und erst als dieser unsinnige Laut verstummte, wurde ihm klar, daß er selbst es gewesen war, der versucht hatte zu sprechen. Was er sagen wollte, vielmehr was er sich zu formulieren bemühte, war, daß Vashanka doch nur in das gut abgesicherte Treibhaus hatte gelangen können, wenn sich dort ebenfalls bereits ein Gott aufgehalten hatte, der irgendwie an den Schutzmaßnahmen seines Vaters gegen ungebetene nächtliche Besucher vorbeigekommen war.

Die Worte, ihre Bedeutung wollten nicht heraus. Es war zu unwahrscheinlich, als daß Stulwig die Sache weiterverfolgen wollte.

Schluckend fummelte er in seiner Tasche herum, holte die verlangte Münze heraus und legte sie auf die ausgestreckte Hand. Der Preis für diese Auskunft war billig – ihm war, als bestätige ihm das eine Stimme im Innern.

Nachdem Stulwig Jubal verlassen hatte, war er überzeugt, daß er getan hatte, was getan werden konnte. Er hatte die ersehnte Auskunft. Was gab es sonst noch zu tun? Nach Hause zu gehen und – und ...

In die Normalität zurückzukehren.

Es wäre eine Rückkehr in das tägliche Leben, als wäre er nicht gewarnt worden. Das schreckliche Gefühl sagte ihm jedoch, daß mehr von ihm erwartet wurde. Aber was?

Die Sonne stand hoch am Himmel und brannte auf Stulwig herab. Sein ohnedies bereits entsetzlich sonnenverbranntes Gesicht juckte unerträglich, und er kratzte sich, obwohl er wußte, daß er das nicht sollte. Gerade er als Heiler war todunglücklich über seine empfindliche Haut, die einfach keine Sonne vertrug, und keine Kräuter, Salben oder Tinkturen konnten offenbar etwas daran ändern. Und nun mußte er auch noch durch die Mittagssonne marschieren.

Sein Schritt war unsicher. Er war nicht nur von der Sonne geblendet, sondern auch von seinem inneren Aufruhr, und so achtete er nicht auf den Verkehr um ihn herum. Aber etwas lenkte ihn, bewahrte ihn vor Zusammenstößen, half ihm einen Weg durch die drängende Menge zu finden – und dieses Etwas machte ihn auch auf ein vertrautes Gesicht aufmerksam.

Abrupt blieb Stulwig stehen. Doch schon war der Mann vorbei, seine Füße scharrten über die gleiche staubige Straße wie im Augenblick Dutzend andere und er atmete wie sie den aufgewirbelten Staub ein.

Normalerweise hätte Stulwig sich nicht weiter um ihn gekümmert, aber für ihn war jetzt kein normaler Augenblick. Er drehte sich, stieß sich mit dem Stock ab, machte ein paar lange Sätze und streckte den Arm aus.

Doch dann legten seine Finger sich sanft auf den Ärmel, und durch den Ärmel auf den Ellbogen des Mannes.

»Cappen Varra«, sagte Stulwig.

Der junge Mann mit dem schulterlangen schwarzen Haar drehte den Kopf. Er empfand Stulwigs Stimme offenbar nicht als drohend, denn er blieb stehen, ohne zusammenzuzucken oder hastig nach der Klinge an seiner Seite zu greifen.

Es dauerte einige Augenblicke, ehe ihm klar zu werden schien, wer ihn da aufgehalten hatte. »Oh, der Heiler«, sagte er schließlich in fragendem Ton.

Entschuldigend erklärte Stulwig: »Ich möchte gern mit Euch sprechen, mein Herr. Obgleich Ihr, wenn ich mich recht entsinne, nur einmal meine Dienste in Anspruch nahmt. Und ich glaube, jemand erwähnte, daß Ihr Freistatt erst kürzlich verlassen habt, um Eure ferne Heimat zu besuchen.«

Der Spielmann antwortete nicht sofort. Er versuchte, rückwärtsgehend, aus dem endlosen Strom der Passanten zu gelangen, und fand schließlich ein freies Fleckchen zwischen einem Obststand und einem Tisch, auf dem ein Dutzend luftige Kisten aufgebaut waren, von denen jede ein halbes Dutzend kreischende, schlachtreife Vögel enthielt.

Da Stulwig ihm gefolgt war, und jetzt dicht bei ihm stand, konnte Cappen sich ihm mit leiser Stimme verständlich machen. »Es war ein sehr bedeutender Augenblick meines Lebens. Die Mittel, die Ihr mir gabt, halfen mir, meinen Magen völlig zu entleeren, was mir vermutlich das Leben gerettet hat. Ich bin immer noch davon überzeugt, daß man mir vergiftetes Essen vorgesetzt hatte.«

»Ich brauche Rat«, erklärte Alten Stulwig.

»Wir können hier sprechen«, entgegnete Cappen.

Das war nicht leicht. Der Straßenlärm änderte ständig seine Lautstärke. Stulwig mußte zudem mehrmals husten, wenn ihm der von den Vorübereilenden aufgewirbelte Staub in Mund und Nase drang. Doch schließlich hatte er seine Geschichte beendet. Und da, plötzlich, weiteten sich die Augen des andern, als wäre ihm ein beunruhigender Gedanke gekommen.

»Heißt das, daß Ihr ernsthaft den Mörder Eures Vaters suchen wollt, obgleich Ihr erfahren habt, daß er sehr wohl der zweitmächtigste rankanische Gott sein könnte?«

Es war das erste Mal, daß dies so deutlich ausgesprochen wurde. Stulwig war plötzlich genauso beunruhigt, wie offenbar Cappen Varra. Ehe er antworten konnte, sagte der gutaussehende Minnesänger mit dem schmalen Gesicht: »Was – was passiert, wenn er sich Euch je stellt?«

Die Art der Fragestellung gab dem Heiler etwas neuen Mut. »Wie wir wissen«, sagte er, »kann Vashanka, wann immer es ihm beliebt, zu mir kommen. Mein Problem ist, daß ich nicht weiß, weshalb er zu meinem Vater kam, und genauso wenig, warum er zu mir kommen sollte. Wenn ich das herausfände, könnte ich eventuell zum Ils-Tempel gehen und die Priester um Hilfe bitten.«

Cappen runzelte die Stirn. »Da Ihr offenbar so entschlossen seid, sollte ich Euch vielleicht an den Mythos erinnern. Vashanka ist der Gott der Krieger und Waffen, der Schwinger des Blitzes und anderer mächtiger Gewalten. Das wißt Ihr doch?«

»Was ich nicht verstehe«, gestand Stulwig hilflos, »ist, weshalb ein überirdisches Wesen wie er meinen Vater tötete.«

» Vielleicht ...« Cappen Varra zuckte die Schultern, »... waren sie Rivalen um die Gunst einer Frau. Es ist wohlbekannt, daß die Götter gar nicht so selten Menschengestalt annehmen, um mit Sterblichen zu liegen.« Das schöne Männergesicht verzog sich. Die klaren Augen blickten in die von Stulwig. »Ich habe gehört, daß Ihr, genau wie Euer Vater vor Euch, als Gegenleistung für Eure Heilkünste, die Gunst einer Hilfesuchenden nicht ablehnt. Eine Frau, die nichts anderes zu geben hat, bezahlt auf diese Weise ihre Schulden. Infolgedessen habt Ihr nicht wenige Halbbrüder, von denen Ihr nichts wißt, und Ihr selbst – so munkelt man – habt Dutzende Söhne und Töchter gezeugt, natürlich nicht von Euch anerkannt, denn wer mag schon sicher sein, wer wirklich der Vater dieser Waisen ist, außer, die Ähnlichkeit mit ihm ist unverkennbar.«

Wieder zuckte der Spielmann die Schultern. »Ich verdenke es Euch nicht. So ist es eben auf der Welt. Aber ...«

Er hielt inne. Fast zögernd streckte er die Hand aus und berührte Stulwigs Stock. »Das ist gutes Holz.«

Unsicher sagte Stulwig. »Als Waffe gegen den Gott des Blitzes aber wohl nicht das richtige.«

»Trotzdem«, meinte Cappen Varra. »Er ist Euer bester Schutz. Zögert nicht, ihn zu benutzen. Haltet ihn zwischen Euch und jeglichen Angreifer. Gebt erst nach und flieht nur, wenn der Augenblick dafür günstig ist.«

»Aber was ist, wenn Vashanka in feindlicher Absicht zu mir kommt? Soll ich dann vielleicht mit einem Stock gegen den rankanischen Kriegsgott kämpfen?« Als Cappen Varra ihn lediglich gleichmütig ansah, fuhr der Heiler verzweifelt fort: »Es gibt doch auch Sagen, daß Ils einzelnen im Kampf beistand in jenen alten Tagen. Ich wuchs nach der Zeit der rankanischen Eroberung auf, und irgendwie interessierte ich mich nie für die geschlagenen Götter des alten Ilsig. So weiß ich nicht, was und wie er es tat.«

Ungeduldig und nicht mehr unbedingt höflich, entgegnete der Minnesänger: »Ihr habt mich um Rat gebeten, und ich habe ihn Euch gegeben. Lebt wohl.«

Er kehrte in die Menge zurück.

Sie brachten Stulwig vor den Prinzen, der ihn erkannte. »Aber das ist ja der Heiler!« sagte er und blickte Molin Fackelhalter fragend an.

Der Gerichtssaal war in der Nachmittagssonne fast zu hell, denn bei ihrem gegenwärtigen Stand schien sie geradewegs durch die schrägen Schlitze, die normalerweise das Regenwasser auffangen und ableiten sollten. »Eure allergnädigste Hoheit, wir fanden diesen Anhänger Ils' im Vashanka-Tempel.«

In dem unangenehm blendenden Licht ging Stulwig auf das Thronpodest zu, und die beiden Höllenhunde, die ihn gehalten hatten, hinderten ihn nicht daran.

Er blieb erst vor der hölzernen Schranke stehen, die den Beklagten von dem hohen Richterstuhl trennte, auf dem der Prinz saß. »Ich habe nichts Böses getan, Eure Hoheit.« Stulwig wandte sich an Molin Fackelhalter. »Eure Exzellenz, bitte sagt Seiner Hoheit, daß Eure Männer mich auf den Knien vor …« Er zögerte, eigentlich hatte er »Idol« sagen wollen, dann dachte er an »Statue«, kam jedoch auch davon ab. Nach einem langen Augenblick erst beendete er verlegen seinen Satz: »… vor Vashanka vorfanden, den ich um seine Hilfe anflehte.«

»Ja, aber nach unserer Religion ist es für einen Anhänger Ils' absolut verboten, zu einem Sohn Savankalas zu beten.«

Da er dem nichts entgegnen konnte, wartete Stulwig hilflos ab.

Es war schon ein Jahr her, seit er den jugendlichen Statthalter, der jetzt über ihn richten würde, das letzte Mal gesehen hatte. Wie Stulwig ihn so ansah, fand er, daß er sich in diesem Jahr verändert hatte – zu seinen Gunsten, wie ihm schien.

Wie alle wußten, war der Prinz nun zwanzig Jahre alt, und erst ein Jahr seines Lebens war er der Stellvertreter seines älteren Halbbruders, des Kaisers, in Freistatt. Doch dieses eine Jahr hatte ihm eine gewisse Reife beschert. Sein Gesicht war immer noch jungenhaft, aber das Jahr der Macht hatte ihm sichtliches Selbstvertrauen eingeflößt.

Im Moment jedoch wirkte der junge Statthalter unentschlossen. »Nun – es scheint mir kein schweres Vergehen zu sein. Ich bin der Meinung, man sollte jene, die zu unserem Glauben übertreten wollen, eher ermutigen, denn bestrafen.« Er zögerte und bewahrte die Form. »Welche Strafe würdet Ihr vorschlagen?« wandte er sich höflich an den Hohenpriester der rankanischen Götter.

Fackelhalter brauchte eine erstaunlich lange Zeit, ehe er antwortete: »Vielleicht sollten wir den Beklagten erst fragen, worum er Vashanka anflehte, und danach urteilen.«

»Eine sehr gute Idee!« lobte der Prinz.

Noch einmal erzählte Stulwig seine Geschichte und endete in demütigem Ton: »Deshalb eilte ich, sobald mir klar geworden war, daß die großen Götter höchstpersönlich über etwas uneinig waren, zu Vashanka, um ihn zu fragen, was er von mir verlangte und welche Wiedergutmachung er von mir forderte, für welche Sünde auch immer, die ich unbewußt begangen haben mochte.«

Er war überrascht, daß der Prinz nun die Stirn gerunzelt hatte und sich zu einem der Männer an einem Tisch seitlich unterhalb von ihm beugte und mit leiser Stimme etwas zu ihm sagte, woraufhin er eine ebenso leise Antwort erhielt.

Der jüngste Herrscher, den Freistatt je hatte, richtete den Blick nunmehr auf Stulwig. »Es gibt verschiedene Leute in dieser Gegend«, sagte er mit beunruhigend strenger Stimme, »über deren Aufenthalt wir uns stets auf dem laufenden halten. Aus verschiedenen Gründen gehört Cappen Varra zu ihnen. Und deshalb weiß ich mit Sicherheit, Herr Heiler, daß Cappen vor einem halben Mond die Stadt verlassen hat und erst in frühestens zwei Monden zurückerwartet wird.«

»A-a-a-ber ...«, stammelte Stulwig und fuhr mit schriller Stimme fort. »Dieser Mann im Traum der Seherin! Schulterlanges schwarzes Haar! Ils in Menschengestalt!«

Schweigen setzte ein in diesem großen Saal, in dem ein junger rankanischer Prinz Gericht hielt. Weitere

Angeklagte warteten im hinteren Teil, bewacht von Sklaven, und die beiden Höllenhunde, die Stulwig in den Saal gebracht hatten, waren die Aufseher.

Es würde also Zeugen dieses Urteils geben, und sein Für und Wider würde in der Öffentlichkeit besprochen werden, sobald es bekannt wurde.

Stulwig mußte sich beherrschen, Seine Hoheit nicht an eine gewisse Nacht vor dreizehn Monaten zu erinnern. In der tiefen Finsternis der ersten Morgenstunden hatte man ihn aus dem Bett geholt und zum Palast gebracht.

Er war geradewegs ins Schlafgemach des jungen Prinzen geführt worden, wo er einen völlig verstörten jungen Mann vorgefunden hatte, der in der Dunkelheit mit außergewöhnlich schnellem Herzschlag aufgewacht war – doppelt so schnell wie normal, was Stulwig beim Pulsmessen feststellte. Der anwesende Hofheiler war nicht imstande gewesen, das heftig schlagende Herz zu beruhigen. Stulwig hatte sich den Mut genommen, die üblichen Fragen zu stellen, und herausgefunden, daß Seine Hoheit am Abend dem Wein übermäßig zugesprochen hatte.

Dadurch war ein kleiner Herzfehler offenbar geworden. Dem Körper mußte Zeit gegeben werden, den Alkohol auf natürliche Weise auszuscheiden. Aber Stulwig bat um die Erlaubnis – und erhielt sie –, zu seinem Treibhaus zu eilen. In Begleitung eines Höllenhundes raste er dorthin, wo er die helfende Mischung zusammenstellte: aus Wurzeln, Brennesseln und einer großen roten Blume. Mit kochendem Wasser überbrüht und schluckweise in Minutenabständen getrunken, vermochte sie innerhalb einer Stunde den Herzschlag herabzusetzen, zwar noch nicht auf den normalen Wert, aber doch so weit, um den Patienten zu beruhigen.

Daraufhin hatte er dem jungen Prinzen versichert,

er wisse von seinem Vater, daß Personen, die unter denselben Symptomen gelitten hatten und von ihm auf diese Weise behandelt worden waren, immer noch lebten, obwohl inzwischen mehr als zwanzig Jahre vergangen waren. Der Prinz war sehr erleichtert und versprach, in Zukunft nie mehr als einen Kelch Wein abends zu sich zu nehmen.

Dann hatte Stulwig noch den Ruf des in Ungnade gefallenen Hofheilers gerettet, indem er ihm dankte, ihn mit hinzugezogen zu haben, und laut vor dem Prinzen hinzufügte, daß nur die Zusammenarbeit von vielen es ermöglichte, all den Krankheiten Herr zu werden, denen der Mensch ausgesetzt war. »Gewiß werde eines Tages ich um Eure Erfahrung und Hilfe bitten müssen«, hatte er geschlossen.

Würde der jugendliche Statthalter sich an jene Nacht erinnern und – hoffentlich – der Meinung sein, daß Alten Stulwig als Heiler zu wichtig war, um ihn zu bestrafen?

Ehe der Prinz jedoch ein Urteil fällte, stellte er eine weitere Frage: »Während Ihr in Gesellschaft dieser Person wart, die Cappen Varra zu sein schien, hat sie da ein Lied gesungen oder geträllert oder einen Reim aufgesagt?«

Stulwig erkannte die Bedeutung dieser Frage sofort. Der Spielmann war für seine Fröhlichkeit und Freigebigkeit, was seine Lieder betraf, bekannt. »Nein, Eure Hoheit, nicht eine musikalische Note, noch einen poetischen Vers gab er von sich. Ganz im Gegenteil, der Mann erschien mir ungewöhnlich ernst, ja grimmig zu sein.«

Ein paar Augenblicke später verkündete der jugendliche Statthalter sein Urteil. »Da der mächtige Vashanka höchstpersönlich in dieser Sache zu handeln scheint, wäre es anmaßend von uns, uns einzumischen.«

Der junge Mann blickte auf den Hohenpriester. Fackelhalter zögerte kurz, dann nickte er, woraufhin der Prinz sich wieder Stulwig zuwandte.

»Hochgeschätzter Heiler«, sagte er. »Ihr seid entlassen und dem Schicksal, welches auch immer die Zukunft für Euch bereithält, überantwortet. Mögen die Götter Euch gnädig sein und Eure Tugenden Eure Sünden überwiegen.«

Also erinnert er sich! dachte Stulwig dankbar.

Merkwürdigerweise wußte Stulwig, nachdem er den Palast verlassen hatte, sofort, wohin er nunmehr gehen mußte. So oft hatte man ihm ein kummer- oder schuldbeladenes Herz ausgeschüttet oder er hatte sich der Hoffnungslosigkeit eines abgewiesenen Freiers oder einer betrogenen Gattin gegenübergesehen. Keinem von ihnen hatten seine Mittel mehr als kurzen Schlaf oder Betäubung schenken können.

So gab er sich nun, als er das Wilde Einhorn betrat, den gleichen bitteren Rat, den er für jene gehabt hatte, deren Gemüt krank war, wie sein Vater es genannt hatte. Die Worte, die er, nur von ihm selbst vernommen, murmelte, lauteten: »Was du brauchst, Alten, ist ein steifer Drink!«

Das war das uralte Rezept für Kummergeplagte. Und da Alkohol ja aus Pflanzen hergestellt wurde, war es auch für einen Heiler nicht abwegig, Trost in ihm zu suchen.

Der Geruch der Schenke stieg ihm bereits in die Nase, nur mußten seine Augen sich erst an die hier herrschende Düsternis gewöhnen. Viel mehr als vage Gestalten an Tischen und das Schimmern von glänzendem Holz sah er im Augenblick nicht, aber ihm genügte der Geruch brutzelnder, bratender und kochender Speisen, sich gleich ein wenig besser zu fühlen.

Er kannte sich hier ohnehin gut genug aus, und so

schritt er sicher durch das Dämmerlicht zum Schanktisch. Er öffnete bereits die Lippen, um seine Bestellung aufzugeben, als ihm – nun, da seine Augen sich etwas angepaßt hatten – bewußt wurde, wer da das Bier ausschenkte.

»*Eindaumen!*« rief er überrascht und höchst erfreut. Er griff nach der Prankenhand des andern. »Mein Freund, wir hatten uns solche Sorgen um Euch gemacht! Ihr wart so lange fort ...«

Er hielt verwirrt inne. Selbst für eine sehr weite Reise wäre es eine zu lange Zeit gewesen. Über ein Jahr war vergangen. Er beendete seinen Gruß: »Willkommen zu Hause!«

Mit jedem Augenblick sah er den Besitzer des Wilden Einhorns nun deutlicher, und auch, wie er einem Schenkburschen zuwinkte und dieser herbeikam.

Der dicke, aber kräftige Eindaumen deutete auf einen Tisch in einer Ecke. »Bring zwei Krüge dorthin für meinen Freund und mich«, befahl er. Und zu Alten sagte er: »Ich möchte gern mit Euch sprechen, mein Herr.«

So saßen sie schließlich an dem Tisch und Eindaumen begann nach einigen Schlucken: »Ich will nicht um den heißen Brei herumreden, Alten. Ich muß Euch gestehen, daß ich nicht der echte Eindaumen bin. Ich kam hierher – nachdem mein Körper am frühen Nachmittag diese Gestalt annahm, die Ihr nun vor Euch seht –, weil mir mein Zweites Gesicht einen Besucher zeigte, der mir mitteilte, daß diese Verwandlung in einen Bekannten mit Euch zusammenhängt.«

Das war eine lange Erklärung, lang genug für eine Reihe verschiedener Reaktionen von seiten Stulwigs: Erstaunen, zunächst, dann Verwirrung, schließlich Begreifen und Billigung.

Und da er den Krug in der Hand hielt, hob er ihn

und sprach einen Toast aus: »Auf den echten Eindaumen, wo immer er sein mag!«

Sich den Kopf zerbrechend, wie diese Begegnung ihm helfen könnte, nahm er einen tiefen Schluck und stellte den Krug ab. Und sehr wohl fiel ihm auf, daß der andere nicht mit ihm trank.

Der falsche Eindaumen sagte düster: »Mein Zweites Gesicht verrät mir, daß der echte Eindaumen sich an einem seltsamen Ort befindet. Es wird auch nicht deutlich, daß er nicht mehr lebt, aber er wurde getötet.«

Wieder hob Stulwig den Krug. »Nun denn, dann auf Enas Yorl, den großen Zauberer, der, gleichgültig in welcher Gestalt, bereit ist, mein Freund zu sein.«

Diesmal hob der andere seinen Krug und trank bedächtig. »Es kann wohl niemand ablehnen, auf sich selbst zu trinken, und da meine Absichten lauter sind, darf ich es auch.«

Stulwigs Gedanken beschäftigten sich wieder mit der langen Erklärung des andern, und so stellte er nun eine wesentliche Frage: »Enas, auf welche Weise hängt Eure Verwandlung in Eindaumen mit mir zusammen?«

Der fleischige Kopf nickte. »Paßt gut auf«, erklärte Eindaumens Stimme. »Die Göttin Azyuna erschien mir, als ich die Qualen des Gestaltwandels durchmachte, und bat mich, Euch folgende Botschaft zu übermitteln: Ihr müßt vor Einbruch der Dunkelheit nach Hause zurückkehren, aber Ihr dürft in der kommenden Nacht niemanden einlassen, auch wenn er die äußere Erscheinung eines Menschen hat, gleichgültig, wie flehend er um Eure Hilfe als Heiler bittet, oder wie viele Goldstücke er bereit ist zu zahlen. Verweist heute nacht alle männlichen Besucher zu anderen Heilern.«

Es dauerte eine Weile, bis sie darauf getrunken und

sich laut darüber gewundert hatten. Und natürlich, als echte Freistätter diskutierten sie – und beide nicht zum erstenmal – über die Geschichte, die man sich über Azyuna erzählte: Wie Vashanka dahintergekommen war, daß sie (seine Schwester) und seine zehn Brüder sich verschworen hatten, den rankanischen Vatergott, Savankala, zu ermorden. Vashanka hatte daraufhin alle zehn Brüder getötet, seine Schwester aber für ein schlimmeres Geschick aufgespart.

Sie wurde gegen ihren Willen zu seiner Geliebten. Wenn der Wind heulte, raunte man, daß Azyuna erneut gezwungen wurde, den Preis für den beabsichtigten Mord an ihrem Vater zu bezahlen.

Und nun war sie vom Himmel herabgestiegen, um einen kleinen Sterblichen vor ihrem Bruder zu warnen, der ihr so Schändliches antat.

»Wie würdet Ihr, guter, alter weiser Enas Yorl es Euch erklären«, fragte Stulwig, nachdem er den zweiten Krug zur Hälfte geleert hatte, »daß eine Göttin sich die Mühe macht, einen Sterblichen vor einem Vorhaben ihres Götter-Bruder-Geliebten zu warnen?«

»Sie ist zwar eine Göttin«, antwortete der Gefragte, »aber auch eine Frau. Und wie alle Männer wissen, rächen Frauen sich manchmal auf seltsame Weise.«

Da Stulwig das aus eigener Erfahrung wußte, schüttelte er sich, nickte bestätigend und sagte: »Ich glaube, wir haben bereits eine beachtliche Weile getrunken, und nun wird es Zeit, Eure Warnung zu beachten. Kann ich als Gegenleistung etwas für Euch tun? Eine kleine Entschädigung, vielleicht?«

»Nun, wie wär's mit einer kostenlosen Behandlung, wenn eine meiner Gestalten einmal krank werden sollte?«

»Aber nicht heute nacht.« Stulwig stand leicht

beschwingt auf und konnte sogar über seinen kleinen Spaß lachen.

»Nein, nicht heute nacht«, versicherte ihm Eindaumen und erhob sich ebenfalls. Der kräftige Mann fügte schnell hinzu: »Ich werde Euch zur Tür begleiten und so tun, als verabschiede ich mich von Euch. In Wirklichkeit aber gehe ich mit Euch hinaus. Und so wird Eindaumen wieder verschwinden, diesmal möglicherweise für immer.«

»Er hat heute Gutes geleistet«, murmelte Stulwig, woraufhin er nach dem dritten, fast leeren Krug griff. »Auf Eindaumens Geist, wo immer er sein mag! Ich wünsche ihm alles Gute.«

Es stellte sich heraus, daß es Enas Yorl leicht gemacht wurde, sich zurückzuziehen. Denn kaum traten sie aus der Schenke, da kam ein kleiner Trupp rankanischer Soldaten auf sie zu, angeführt von einem Höllenhund. Letzterer, ein Mann mittleren Alters mit stolzer Haltung, namens Quag, sagte zu Stulwig: »Seiner Hoheit wurde gemeldet, daß Ihr heute übermäßig trinkt. So sandte er mich und diesen Trupp aus, um Euch nach Hause zu geleiten.«

Stulwig drehte sich um, um dem falschen Eindaumen auf Wiedersehen zu sagen, aber er war schon nicht mehr zu sehen. Quag bemerkte offenbar sein Erstaunen. »Er ging um jene Ecke.« Er deutete in die Richtung. »Sollen wir ihn zurückbringen?«

»Nein, nein.«

Für einen Mann, der drei Krüge geleert hatte, war es völlig selbstverständlich, wie ein Gleichberechtigter neben einem Höllenhund zu marschieren – und zu sagen: »Ich bin überrascht, daß Seine Hoheit sich soviel Mühe macht und das wegen eines Mannes, der nicht einmal von rankanischer Geburt ist oder ...« Und das war sehr wagemutig. »... Religion.«

Quag schien durch diese Worte offenbar nicht

gekränkt. Er antwortete völlig ruhig: »Dies sind Dinge, über die ich mir wohl kaum eine eigene Meinung bilden darf.«

»Natürlich«, fuhr Stulwig stirnrunzelnd fort, »bedeutet, mich nach Hause zurückzubringen, daß ich an einem Ort sein werde, an dem der mächtige Vashanka mich am leichtesten finden wird.«

Sie schritten durch eine Seitenstraße des Labyrinths, und eine größere Schar Leute drängte sich an ihnen vorbei. Wenn Quag überhaupt vorgehabt hatte, etwas darauf zu antworten, wurde das nun durch sie verhindert.

Nachdem sie die Menschenmenge hinter sich gelassen hatten, sprach Stulwig weiter. »Wir dürfen schließlich nicht vergessen, daß Ils der Gott der tausend Augen ist. Was vermutlich bedeutet, daß er gleichzeitig sehen kann, wo jeder einzelne in der Ilsig-Welt sich gerade aufhält. Dergleichen ist weder von Savankala, noch von seinem Sohn Vashanka bekannt – ich meine, daß sie so viele Augen hätten. Und so können wir annehmen, daß Vashanka nicht weiß, daß ...«

Erschrocken verstummte er. Fast wäre ihm herausgerutscht, daß die Göttin Azyuna mit einer Warnung zu Enas Yorl gekommen war. Ihr Bruder-Geliebter mit seiner beschränkten Blickweite würde sicher nichts davon wissen.

»Das sind natürlich bloß Vermutungen«, sagte Stulwig verlegen, »und nur für jemanden wie mich von Interesse, der sich offenbar den Groll eines dieser mächtigen Wesen zugezogen hat.«

Auch jetzt klang Quags Stimme ruhig, als er sagte: »Da ich bereits ein langes Leben hinter mir habe, könnte es sein, daß ich Euch über einige Dinge aufklären kann, woraufhin Ihr dann selbst erkennen könnt, wie ernst Eure Lage ist.« Nach einer kurzen

Pause fuhr er fort: »In Freistatt kann es nur einen Grund geben, wegen dem ein Gott sich in die Angelegenheiten von Sterblichen einmischt. Jemand hat sich etwas herausgenommen, für das er zu klein war. Wozu ist ein Heiler zu klein? Für eine Liebschaft mit einer Edlen aus hohem Haus? Für die Kränkung eines Priesters oder Gottes? Hat Euer Vater sich dergleichen zu Schulden kommen lassen?«

»Hmmmmm!« Stulwig dachte darüber nach und schüttelte auf bestätigende Weise, wie man es in Freistatt tat, bedächtig den Kopf. »Ganz sicher war es Mord, nicht Totschlag. Der Täter gelangte auf irgendeine Weise in ein verriegeltes Haus, verübte den Mord und verschwand, ohne irgendwelche Wertsachen mitzunehmen. Und das in einer Stadt, in der jeden Tag Menschen ihrer armseligen Habe wegen ohne Bedenken umgebracht werden. Es kann also nur bedeuten, daß ein persönliches Motiv hinter dem Mord steckte.«

Unglücklich fügte er hinzu: »Ich muß gestehen, der Grund, weshalb ich ihm nicht zu Hilfe eilte, als ich seinen Schrei hörte, war der, daß wir ausgemacht hatten, einander während der Nacht nicht zu stören. Es mag also sehr wohl eine Edle von hoher Geburt gewesen sein, die auf diese Weise gerächt wurde.«

Eine Weile marschierten sie stumm dahin. Schließlich sagte Quag ernst: »Ich rate Euch, gebt diese Suche auf. Widmet Euch Euren Heilkünsten und überlaßt die Mörder den Behörden.«

Diesmal nickte Stulwig heftig, was in Freistatt »nein« bedeutete. »Wenn Ils sich höchstpersönlich in einem Traum zeigt und mir zweifelsohne durch ihn befohlen wird, den Mörder aufzuspüren, habe ich gar keine Wahl.«

Das von Wind und Wetter gegerbte Gesicht des Höllenhunds wirkte keineswegs beeindruckt. »Euer

Ils hat Freistatt im Stich gelassen, als er duldete, daß die Stadt von Armeen erobert wurde, die einem anderen Gott huldigen.«

»Das ist die Strafe für die Verruchtheit der Stadt«, antwortete Stulwig automatisch mit der Erklärung der Ils-Priester. »Wenn wir geläutert sind und unsere Sühne geleistet haben, werden die Besetzer gezwungen werden, die Stadt zu verlassen.«

»Als ich den Palast verließ, sah es nicht so aus, als packten die Sklaven zur Abreise des Prinzen.« Quag grinste und fuhr fort: »So etwas kann ich mir auch nur schwer vorstellen, und ich rate Euch, Eure Hoffnungen nicht darauf aufzubauen.«

Er unterbrach sich kurz.

»Ah, hier sind wir. Sobald Ihr sicher in Euren vier Wänden seid – und natürlich werden wir uns umsehen und vergewissern, daß niemand in einer dunklen Ecke lauert ...«

Eine ganze Weile später sagte der dankbare Stulwig den Soldaten Lebewohl und schaute ihnen nach, als sie die Treppe hinunterstapften. Als Quag unten stehenblieb und fragend hochblickte, schloß Stulwig gehorsam die Tür und verriegelte sie.

Er war also zu Hause.

Es war ein ruhiger Abend. Zwei Männer und eine Frau klopften an die Tür. Jeder bat durch den Sprechtrichter um seine heilende Hilfe. Die Männer schickte Stulwig ein Stück die Straße entlang zu Kurd, und sie widersprachen auch nicht.

Bei der Frau zögerte Stulwig. Sie war eine langjährige Patientin, die immer in Gold bezahlte. Trotzdem ließ er auch sie nicht herein, sondern riet ihr, zu einem Heiler namens Nemis zu gehen. Als sie darauf bestand, von ihm behandelt zu werden, entschuldigte er sich damit, daß er offenbar etwas Unbekömmliches gegessen habe und sich nicht wohl fühle. Das schien sie gelten zu lassen und ging ebenfalls weg.

Kurz nach Mitternacht klopfte es zum viertenmal an seiner Tür, sehr zögernd diesmal. Es war Illyra. Als er ihr Flüstern vernahm, wurde er ganz aufgeregt. Sie sagte, sie sei gekommen, wie sie es am Morgen vereinbart hatten.

Ein überglücklicher Stulwig öffnete die Tür, ließ sie ein, bedeutete ihr, zu seiner Schlafkammer zu gehen. Und während sie es mit einem lauten Rascheln ihrer vielen Röcke tat, verriegelte er wieder die Tür.

Augenblicke später blies er die Kerzen aus, schlüpfte aus seinen Sachen und kroch im Dunkeln zu ihr ins Bett. Keinerlei Schuldgefühl kam in ihm auf, als er die Arme um sie legte.

In Freistatt kannte jeder die Regeln. Sich zieren gab es nicht. Jede Frau war irgend jemandes Geliebte, ob es ihr gefiel oder nicht. Jeder Mann mußte für sich selbst sorgen und nutzte jede Gelegenheit. Gewiß, es gab, was Ehre und Religion betraf, einen Kodex, doch er bezog sich nicht auf Liebe, Alkohol und Lebensunterhalt. Man feilschte mit allen Mitteln. Sah man eine Gelegenheit, überlegte man sofort alle Möglichkeiten. Dann kam die erste, unverschämte Forderung, die vom nicht weniger entschlossenen Geschäftspartner immer tiefer gedrückt wurden, bis man eine Einigung erzielte.

Das war es auch, was ihm die schöne Illyra in sein Bett gebracht hatte. Sie hatte sich einverstanden erklärt, ihm auf die übliche Mann-Frau-Beziehung zur Verfügung zu stehen, außer, irgend etwas kam dazwischen.

Nachdem ihr offenbar klar war, daß ihre Abmachung bindend war, sträubte sie sich nicht mehr. In der Dunkelheit fand Stulwig, daß ihr nackter Körper für ihn bereit war, einschließlich vieler erleichternder

Gesten und wünschenswerter Erregung. Die meisten Frauen, die auf diese Weise für seine Heildienste bezahlten, lagen wie kalte Statuen in seinen Armen und zitterten höchstens ein bißchen, wenn es für ihn am schönsten war. Danach verließen sie hastig sein Bett, zogen sich an und rannten die Treppe hinunter und zurück ins Labyrinth.

Illyra war so ganz anders, ja sie strich sogar – zärtlich, wie ihm schien – mit der Hand über seine Haut. Unwillkürlich mußte Stulwig wieder an den riesenhaften Schmied denken, mit dem sie zusammenlebte. Es fiel ihm schwer, sich diese Frau – obwohl er sie nun kräftiger fand, als er gedacht hatte – unter einem so gewichtigen Mann vorzustellen ...

Plötzlich wurde ihm klar: Das waren erstaunlich kräftige Muskeln unter ihm ... Die Frau war kein Schwächling. Tatsächlich ...

Während er mit dem Liebesakt fortfuhr, staunte Stulwig. Diese wallenden S'danzo-Röcke, dachte er, verbergen mehr als zierliche Glieder. Wahrhaftig war sein plötzlicher Eindruck, daß Illyra eher rundlich war. Offenbar trug sie die vielen Röcke, um einen weit schwereren Körper zu verbergen, als man auf einen Blick annehmen mochte. Die Täuschung gelang ihr auch gut, bei ihrem schmalen und so jungen Gesicht.

Nun, das spielte keine Rolle. Sie war alles andere als leicht zu erobern gewesen. Doch nun war sie hier und gab sich ihm sogar inbrünstig hin. Interessant war auch, daß ihre Haut sich ungewöhnlich warm anfühlte, fast als hätte sie Fieber.

Er kam zum Höhepunkt, und so dachte er einen Moment lang nicht an ihre Größe. Als ihm dann bewußt wurde, daß ihr weicher runder Körper sich in den einer Amazone verwandelt hatte, war ihm, als stürze er aus einem wundervollen Traum in die tiefsten Abgründe eines Alptraums.

Sein plötzlicher, aber unmöglicher Eindruck: er lag auf einer Frau, die bestimmt sechs Fuß groß war und deren Hüften gewiß um mindestens einen Fuß breiter waren als seine.

Wie betäubt fragte er, was ihm in den Kopf gekommen war: »Illyra, was soll das? Ist das irgendein Zaubertrick?«

Mit einer fließenden Bewegung löste er sich von diesem gewaltigen Frauenkörper, glitt auf den Boden und kam auf die Füße.

Im gleichen Moment leuchtete etwas gleißend auf, erhellte die ganze Kammer und zeigte eine in jeder Hinsicht übergroße nackte Frau, die sich nun auf seinem Bett aufsetzte.

Und noch etwas sah Stulwig: eine riesenhafte Männergestalt, die aus sich heraus zu glühen schien. Sie kam durch eine Tür, die vor seines Vaters Tod ein Privateingang zu Altens Schlafkammer gewesen war, die er aber inzwischen längst versiegelt hatte. Ja, aus ihr heraus kam diese leuchtende Gestalt.

Stulwig hatte nur Zeit für einen flüchtigen Blick, aber seine Gedanken überschlugen sich, und er zweifelte nicht daran, daß dieser Glühende Vashanka höchstpersönlich war.

Wie betäubt hatte er nach seinem Stock gegriffen, und schon wich er nackt rückwärts durch die Tür, die ins Treibhaus führte.

In der Schlafkammer schrie ein Gott in tiefem Bariton auf die nackte Amazone ein, die immer noch am Bettrand saß. Und die Amazone brüllte mit einer männlich klingenden Tenorstimme zurück. Die Sprache, die beide benutzten, war nicht die von Ilsig.

Aus Berufsgründen hatte Stulwig mehrere hundert Grundworte in einem halben Dutzend rankanischer

Dialekte gelernt. Während er nun angespannt lauschte und immer mehr vertraute Worte vernahm, erfuhr er die Wahrheit.

Die Frau war Azyuna. Und Vashanka beschimpfte sie ihrer Untreue wegen, und sie drehte den Spieß um und beschuldigte ihn der Liebschaften mit irdischen Frauen.

Stulwig staunte nicht schlecht. So stimmte es also, was aus vielen Sagen hervorging, daß die Götter in ihren körperlichen Bedürfnissen den Menschen nicht unähnlich waren und offenbar auch in ihrem Wesen nicht.

Für ihn in seiner Lage zählte jedoch am meisten, daß Azyuna ein Abenteuer mit einem Irdischen gesucht hatte. Diese Frauen! dachte er. Sie haßt die blutschänderische Beziehung. Fühlt sich erniedrigt, bedrückt, hoffnungslos. Und ist trotzdem eifersüchtig, wenn ihr Gott-Gatte-Bruder sich zur Erde begibt – wie die Götter es seit Anbeginn der Zeit tun –, um mit einer Sterblichen zu liegen, oder zwei, oder gar hundert.

Also hatte sie sich gerächt, hatte die Gestalt einer irdischen Frau angenommen und auf listige Weise einen Mann betört – diesmal ihn, und vor dreieinhalb Jahren seinen Vater. Was im sündigen Freistatt nicht allzu schwierig war.

So war Zehntöter in seiner Eifersucht zum Elftöter geworden – wenn Menschen in der Rechenkunst der Göttlichen überhaupt zählten.

Stulwig befand sich nun in seinem Treibhaus, jedoch ohne eine schnelle Fluchtmöglichkeit (es dauerte seine Zeit, die Tür hier aufzusperren). Er wappnete sich, umklammerte seinen Stock, und wartete, ohne zu wissen worauf.

Ihm wurde bewußt, daß sich die beiden in seiner Kammer nicht mehr gegenseitig Beschimpfungen an den Kopf warfen. Die Frau war aufgestanden und gerade dabei, die S'danzo-Röcke um ihre mächtigen Hüften zu wickeln. Stulwig staunte. Diese Röcke paßten also ohne Änderung Frauen jeglicher Figur.

Augenblicke später kam die Frau heraus. Sie hatte sich drei der dünnen Schultertücher um den Oberkörper gewunden. Sie vermied es, Stulwig anzusehen, als sie auf bloßen Füßen an ihm vorbeistapfte. Dann hörte er, wie sie die Tür aufsperrte.

Das erfüllte ihn mit neuer Hoffnung. Vielleicht, wenn er sich in diese Richtung wandte, schaffte er es ebenfalls durch die Tür.

Aber er wagte nicht, sich zu rühren, ja nicht einmal den Kopf zu drehen. Das Leuchten, das ein wenig aus seinem Gesichtswinkel verschwunden war – bewegte sich. Ein schrecklicher Laut ließ ihn zusammenzucken: der von schweren, sehr schweren Schritten. Und dann ...

... kam Vashanka in sein Blickfeld.

Obwohl er wie betäubt war, zweifelte Stulwig nicht einen Augenblick: Was er sah – ein Anblick, der wenigen Sterblichen aus dieser Nähe zugemutet wurde –, war der rankanische Gott Vashanka, der Blitzschleuderer, der Meister der Waffen; Vashanka, der seine zehn göttlichen Brüder getötet – und Jutu Stulwig, Altens Vater, ermordet hatte!

Der mächtige Überirdische stand nun an der Tür, die aus der Schlafkammer führte. Und er mußte sich bücken, damit er nicht am Türrahmen anstieß.

Eine beeindruckende Figur war er in seiner feurigen Hülle – ja, es sah tatsächlich so aus, als leckten und loderten und flackerten winzige Flammen auf seiner Haut.

Und diese unzähligen Flammen beleuchteten das Treibhaus heller als der strahlendste Sonnenschein.

Wahrhaftig sollte ein Mensch, der sich von einem

Gott bedroht sieht, sich nicht allein auf rohe Gewalt verlassen. Nicht daß dieser Gedanke Stulwig wirklich bewußt geworden wäre, aber er steckte tief in ihm, in seinen Muskeln, seinen Knochen. Jede, selbst seine kleinste Bewegung, spiegelte seine Erkenntnis wider, daß er sich einer ungeheuren Macht gegenübersah.

Verzweifelt wünschte er sich, irgendwoanders zu sein, weit, weit fort.

Doch das war unmöglich. Und so ...

Stulwig hörte seine Stimme die ersten verteidigenden Gedanken aussprechen: »Ich bin unschuldig. Ich wußte nicht, wer sie war.«

Seine Verzweiflung trieb ihn dazu. Versuche das Schlimmste zu verhindern, indem du erklärst und dich bemühst, deine Unschuld zu beweisen.

Die grimmigen Augen starrten ihn an. Nichts deutete darauf hin, daß der Gott die Worte überhaupt gehört hatte.

Stulwig stammelte: »Sie kam als Zauberin, mit der ich für heute nacht ein Stelldichein vereinbart hatte. Wie hätte ich wissen können, daß es eine Täuschung war?«

Die ilsische Sprache schien plötzlich als Verständigung nicht mehr zu genügen. Stulwig hatte gehört, daß Rankaner, die Ilsisch lernten, verächtlich über die Zeitwörter dieser Sprache den Kopf schüttelten, weil es ihnen ihrer Meinung nach an Ausdruckskraft fehlte. Im Gegensatz dazu war die Sprache der Eroberer voll eindringlicher Gefühle, treffender Exaktheit und absoluter Entschiedenheit.

Stulwig, dem dies durch den Kopf schoß, dachte: Vashanka wird den Eindruck haben, ich flehe um Gnade, während ich ihn doch nur um Verständnis bitte.

In seiner Hoffnungslosigkeit klammerte er sich an seinen Stock, der alles war, was er zu seinem Schutz hatte. So hielt er ihn zwischen sich und den mächtigen Feuergott. Doch mit jedem Augenblick drängten sich ihm die Worte Quags, des Höllenhunds, erbarmungsloser auf: daß Ils seine Gläubigen in Freistatt im Stich gelassen hatte.

So fiel es ihm immer schwerer zu glauben, daß der geringe Zauber eines Gottes, der schon einmal versagt hatte, auf einen Stock übertragen – und wenn das Holz auch noch so hart war –, auch nur einen Schlag des mächtigen Vashankas abzuwehren vermochte.

Und während dieser entmutigende Gedanke ihn quälte, wurde ihm bewußt, daß der Gott eine Hand ausstreckte. Das Feuer dieser Hand und des Arms wurde noch glühender. Plötzlich sprang es auf den Stock über.

Unerträgliches Leuchten.

Und völlige Verwirrung, denn Stulwigs geblendete Augen waren nicht imstande zu sehen, was geschah, oder was geschehen war.

Nur eines war ihm klar: der Angriff des Gottes hatte begonnen.

... Er lebte noch, das wurde ihm als erstes bewußt. Er lebte und erinnerte sich vage, gesehen zu haben, wie der Blitz in den Stock einschlug, und einen tiefen Laut, fast wie ein Brüllen, gehört zu haben. Doch was genau geschehen war in jenem Augenblick, als Feuer und Stock zusammentrafen, wußte er nicht.

Unsicher, aber sich fest an den Stock klammernd, machte Stulwig ein paar Schritte rückwärts, bis seine geblendeten Augen wieder zu sehen vermochten. In dem Moment kam der Feuergott auf ihn zu.

Stulwig riß den Stock hoch. Doch noch während er sich Cappen Varras Worte entsann, den Stock zwischen sich und jeglichem Angreifer zu halten, holte er – der Stockkämpfer – unwillkürlich aus und schwang den Stock nach dem überirdischen Wesen, das weniger als fünf Fuß entfernt war. Eine plötzliche Hoffnung durchzuckte ihn, als der mächtige Vashanka sich tatsächlich duckte, um dem Stock auszuweichen.

Wie oft hatte Stulwig sich in der Wildnis mit dem Stock verteidigen müssen, wenn er Kräuter gesammelt hatte! Es war erstaunlich, daß immer wieder Nomaden ihre Säbel gezückt hatten, wenn sie ihn allein sahen, und zum Angriff herbeigestürmt waren.

In einem Kampf gegen einen Säbel wäre es tödlich gewesen, mit dem Stock lediglich zu stoßen, denn da konnte er einem allzu leicht aus der Hand gerissen werden. In einem solchen Fall wäre es ein erbittertes Ringen um ihn, und jeder körperlich Überlegene könnte demjenigen den Stock wegnehmen, der unüberlegterweise versucht hatte, ihn zu benutzen, als wäre er ebenfalls eine Klinge.

Bei Ils, dachte Stulwig innerlich jubelnd, es steckt Macht in diesem Stock! Der Blitzgott hält ihn ganz offensichtlich für gefährlich.

Als ihm das bewußt wurde, begann Stulwig den Stock mit aller Kraft zu schwingen, wieder und immer wieder. Vergessen war Cappen Varras Mahnung, den Stock nur als Barriere zu benutzen.

Es war faszinierend und erregend für Stulwig zu sehen, wie Vashanka jedesmal zurücksprang, wenn der Stock auf ihn zuschwang. Einmal sprang der Gott sogar hoch in die Luft, um nicht getroffen zu werden, fast zwei Fuß über den Stock!

– Aber weshalb bleibt er? Warum zieht er sich nicht zurück, wenn der Stock ihm gefährlich werden kann? Ganz plötzlich durchschoß Stulwig dieser Gedanke und dämpfte seine Kampfeslust.

Furcht erfüllte ihn. Es mußte einen Grund geben, warum Vashanka blieb und dem Stock auswich.

Konnte es sein, weil er erwartete, daß die Kraft des Stockes versiegte?

Diese entsetzliche Möglichkeit rief Stulwig Cappen Varras Worte ins Gedächtnis zurück. Der plötzliche Schock bei dem Gedanken, wie weit die Macht des Stockes bereits gemindert sein mochte, ließ den Heiler so schnell er konnte zu dem Korridor zurückweichen, der zur Treppe führte.

Er schluckte erleichtert, als ein Blick über die Schulter ihm zeigte, daß die üblicherweise verriegelte Tür von Azyuna weit offen gelassen worden war.

Und schon wirbelte er herum und raste die Treppe hinunter, vier Stufen auf einmal nehmend und einmal sogar fünf. Als er unten ankam, stand glücklicherweise auch die Haustür offen. Das hatte er in seiner wilden Flucht von der Treppe aus noch gar nicht bemerkt.

In diesem Augenblick leuchtete die Treppe wie im hellsten Sonnenschein auf. Es bestand kein Zweifel, daß der Dämonengott ihn verfolgte.

Stulwig raste hinaus in die finstere Nacht. Schlitternd bog er um die nächste Ecke und rannte die Straße entlang, bis er zu der Hauptstraße kam. Dort blieb er stehen, lehnte sich an einen geschlossenen Verkaufsstand und hielt den Stock vor sich.

Etwas spät wurde ihm bewußt, daß er splitternackt war.

Selbst zu dieser späten Stunde waren Leute unterwegs.

Einige blickten ihn erstaunt an, doch die meisten blieben stehen und starrten in die Richtung, aus der er gekommen war – und wo über einem niedrigen Bauwerk mit Dutzend Türmen ein Glühen am Himmel erschien.

Überall verliehen Stimmen dem Staunen Ausdruck. Und während Stulwig sich fragte, ob Vashanka seine Verfolgung fortsetzen würde, erlosch das Glühen.

Er brauchte eine Weile, bis er neuen Mut schöpfte. Aber sein Gefühl sagte ihm: Obgleich ich den Fehler beging zu kämpfen, habe ich gewonnen ...

Der Rückweg dauerte etwas länger, aber dafür waren die Straßen wieder dunkler und seine Blöße daher nicht so leicht erkennbar. Die Nachtwandler mußten schon sehr nah herankommen, ehe ihnen hier, wo so viele nur leicht bekleidet waren, auffiel, daß ein Mann ganz nackt war. So konnte er sich Vorsicht leisten, ohne sich genieren zu müssen.

Schließlich, mit dem Stock vor sich ausgestreckt, stieg Stulwig die Treppe zu seiner jetzt wieder dunklen Wohnung hoch. Er fand die Kerze – er ließ immer eine brennen und tauschte sie selbstverständlich rechtzeitig aus – in dem Raum, wo er gewöhnlich die Hilfesuchenden behandelte. Und nachdem er sich vergewissert hatte, daß sich außer ihm niemand mehr in der Wohnung aufhielt, schob er den schweren Riegel wieder vor die Tür.

Ein wenig später lag Stulwig dann im Bett, konnte jedoch nicht einschlafen. Er überlegte, ob er das aus Kräutern gewonnene Mittel nehmen sollte, das er bei Schlafstörungen verschrieb. Aber das würde seine Sinne betäuben, und gerade das wollte er in dieser Nacht vermeiden.

Während er sich schlaflos immer wieder herumwälzte, vernahm er Laute – Stimmen, die aus der Nacht kamen. Viele Stimmen. Die Stimmen einer großen Menschenmenge.

Seine Neugier erwachte.

Er eilte ins Treibhaus, öffnete einen Laden, schaute hinaus und hinunter.

Fackeln erhellten alle Straßen, die er von hier aus sehen konnte, und überall drängten sich die Leute.

Mehrmals rief er so laut er konnte zu den Vorübergehenden hinunter: »Was ist los? Was geht hier vor?«

Aus den zurückgebrüllten Antworten konnte er sich den Grund für die Feier – denn darum handelte es sich – zusammenreimen.

Die Bürger von Freistatt feierten einen Sieg!

Folgendes war geschehen: Kurz nachdem Vashankas Glühen am Nachthimmel erloschen war, waren Boten durch alle Straßen des Labyrinths und der ärmlicheren Stadtviertel geeilt.

Diese Boten waren Jubals Leute. Und auf Grund der Botschaft, die sie verbreiteten ...

Myrtis' Mädchen flüsterten sie den Männern ins Ohr, die gerade erhielten, wofür sie bezahlt hatten. Und was für eine erregende Botschaft es war! Die Männer schlüpften eilig in ihre Kleidung, griffen nach ihren Waffen und rannten hinaus in die Nacht.

Die Gläubigen im Wilden Einhorn leerten plötzlich ihre Krüge oder Becher, und rannten ebenfalls ins Freie. Der erstaunte Wirt schlurfte zur Tür und schaute hinaus. Und als er die Fackeln sah und die eilenden Schritte hörte, schloß er hastig die Schenke und rannte mit der Menge in die Richtung des Ils-Tempels.

Durch das Treibhausfenster konnte Stulwig den Tempel mit der vergoldeten Kuppel sehen und bemerkte, daß er hell erleuchtet war, wenigstens tausend Kerzen mußten in ihm brennen.

Freudige Erregung herrschte im Tempel selbst. Denn die Botschaft, die Jubals Leute überall in Freistatt verbreitet hatten, besagte, daß Ils gegen den Blitzgott der Rankaner gekämpft und ihn besiegt hatte.

Bis in den frühen Morgen würde Ils im Tempel gehuldigt werden – das jedenfalls erfuhr Stulwig aus den Antworten, die man zu ihm hinaufbrüllte.

Als ihm klar wurde, was das bedeutete, schloß Stulwig hastig den Laden. Fröstelnd stand er da. Aber es war eine innere Kälte. War das klug? fragte er sich. Angenommen, der Statthalter schickte seine Leute aus, um herauszufinden, was dieser Aufruhr bedeutete? Angenommen, Vashanka schleuderte in seiner Wut, weil man ihn als Verlierer hinstellte, Blitze auf die Stadt herab? Wenn er es so recht bedachte, sah der Himmel bereits ziemlich bewölkt und bedrohlich aus!

Obwohl er vor Angst zitterte, empfand Stulwig die Feier als gerechtfertigt. Es stimmte. Ils war der Sieger, und er hatte mit voller Absicht, die Gelegenheit gesucht. Könnte es vielleicht sein, daß der alte Gott von Ilsig endlich bereit war – doch bereit wozu?

Was konnte geschehen? Wie könnten die rankanischen Streitkräfte dazu gebracht werden, Freistatt zu verlassen?

Stulwig legte sich wieder ins Bett, immer noch mit dem Wunder und dem Rätsel beschäftigt.

Er war auch später noch wach, als sanft an seine Wohnungstür geklopft wurde.

Schrecken. Furcht. Zweifel. Dann war er zitternd am Sprechtrichter und fragte: »Wer ist da?«

Es war Illyras Stimme, die leise antwortete: »Ich bin es, Alten, wie es am Morgen vereinbart wurde, um für das Dalin zu bezahlen.«

Eine lange Pause folgte, denn Zweifel, Schock und auch etwas wie Enttäuschung schüttelten ihn. Die Frau sprach erneut. »Mein Schmied, wie Ihr ihn nennt, ist in den Ils-Tempel gegangen und wird erst am frühen Morgen zurückkehren.«

Sein Verlangen glaubte ihr, aber der andere Gedanke war stärker. Angenommen, es war wieder Azyuna, von ihrem beschämten Bruder-Geliebten gezwungen, noch einmal in des Heilers Haus einzudringen, damit er durch die rätselhafte Verbindung von ihr mit einem Sterblichen selbst durch feste Mauern in das Haus hineinzugelangen vermochte. Und dann, wenn er getötet hatte, wäre Ils' Unfähigkeit bewiesen.

Nach diesem Gedankengang sagte Stulwig zögernd: »Ich enthebe Euch Eures Versprechens, Illyra. Wieder hat das Schicksal eingegriffen und mich um eine der großen Freuden des Lebens betrogen – und es Euch ermöglicht, Eurem Schmied treu zu bleiben.« Mit einem tiefen Seufzer fuhr er fort: »Vielleicht habe ich das nächste Mal mehr Glück.«

Während er zu seinem Schafsfell zurückkehrte, tröstete er sich mit dem Gedanken, daß er doch wahrhaftig keinen Grund zur Klage hatte, schließlich hatte eine Göttin sich ihm in dieser Nacht hingegeben.

Im Grunde genommen ...

Und das war der Moment, als Stulwig sich zu entspannen begann, denn hatte nicht am Anfang dieses Liebesakts eine Frau in seinen Armen gelegen, die zumindest wie Illyra ausgesehen hatte?

Jetzt kam der Schlaf bereitwillig zu ihm.

# Tempus

# Vashankas Günstling

## Janet Morris

### 1

Mit unnatürlicher Gewalt tobte der Sturm über Freistatt, als wollte er die Diebe für ihre Missetaten bestrafen. Seine Hagelkörner waren faustgroß, sie hüpften auf dem Breitenweg, zerschmetterten Fenster in der Straße der Roten Laternen, und brachten den Tempel Ils', des mächtigsten der geschlagenen Ilsig-Götter, zum Einsturz.

Blitze zuckten vom grollenden Himmel über den Bergen, und wo immer sie einschlugen, erschauderte die Welt. Sie leckten an der Kuppel von Prinz Kadakithis' Palast, und als sie ihr Werk vollendet hatten, war der Name des Sturmgottes Vashanka in riesiger hieratischer Schrift in den Stein gebrannt, daß er sogar vom Hafen aus zu erkennen war.

Der Wind peitschte gegen die Fenster von Jubals Landhaus, drang ein und kreiste um des Sklavenhändlers Sessel, daß des Schwarzen Gesicht sich vor Schreck blau färbte.

Der Wind wirbelte ebenfalls auf einem Hügel zwischen Jubals Landhaus und der verängstigten Stadt. Ein Gardist namens Tempus unterwies auf dieser Hügelkuppe gerade sein neues syresisches Pferd in der Kunst des Tötens. Er hatte den Apfelschimmel ungesehen erstanden, indem er einen Beauftragten zu einem Mann geschickte hatte, dessen Vater er einst das Leben gerettet hatte.

»Vorsicht!« mahnte er das Pferd, das bei einer scharfen Biegung ausgerutscht war und Schlamm bis in das Gesicht seines Reiters gespritzt hatte. Tempus verfluchte den Schlamm, den Regen und die Zeit, die er brauchen würde, alles wieder sauberzukriegen, wenn es überstanden war. Was den schreienden Mann in der Falkenmaske betraf, der in immer kleineren Kreisen vor den beschlagenen Hufen floh – nun, er wußte keine Götter anzurufen – er brüllte bloß seine Furcht hinaus.

Das Pferd drehte sich und sprang. Sein Reiter benutzte lediglich die Knie, es zu lenken, die Zügel ließ er locker hängen. Wenn der Sklavenhändler sich eine private Armee hielt und mit dieser Tatsache auch noch prahlte, so würde der ehemalige Söldner und jetzige Gardist dafür sorgen, daß ihre Reihen sich lichteten. Er würde Jubal, diesen eingebildeten Menschenhändler lehren, daß Hochmut sich nicht bezahlt machte. Das hielt er für seine Pflicht gegenüber dem rankanischen Prinz-Statthalter, den zu beschützen er geschworen hatte. Ein Dutzend Falkenmasken hatte er bereits erledigt, dieser wimmernde Bursche hier würde der dreizehnte sein.

»Töte!« befahl der Gardist, der genug von dem sportlichen Hinauszögern hatte.

Die zurückgelegten Ohren des Apfelschimmels zuckten und richteten sich auf. Mit ausgestrecktem Hals griff er an. Zähne und Hufe stießen auf Fleisch. Ein Schmerzensschrei, der rasch verstummte.

Tempus gestattete dem Tier, die Leiche eine Weile zu stupsen. Er streichelte seinen Nacken und lobte es. Als ein Blitz blanke Knochen erhellte, zog er das Pferd zurück und ließ es zur Stadt trotten.

Da passierte es, daß ein Blitz rund um Reiter und Pferd kreiste.

»Halt an!« Obgleich es wie ein neugeborenes Füllen zitterte, gehorchte das Tier. Das sengend rote Licht drang durch Tempus' zusammengepreßte Lider und ließ seine Augen tränen. Eine gewaltige Stimme dröhnte in seinem Kopf: *»Du bist mein!«*

»Daran zweifelte ich nie«, knirschte der Gardist.

*»Du hast es wiederholt angezweifelt«,* grollte die Stimme. *»Du warst aufsässig und treulos, obwohl du dich mir verschrieben hast. Seit du deinem Erbe entsagtest, bist du ein Magier, ein Philosoph, ein dem Orden des Blauen Sterns angehörender …«*

»Hör mir zu, Gott. Ich war auch schon ein Hahnrei, ein einfacher Fußsoldat und schließlich ein General. Ich habe zehnmal mehr Eisen in lebendes Fleisch gestoßen als andere meines Alters. Nun umzingelst du mich mit Blitzen und drohst mit Donnerschlag, obwohl ich hier bin, um deinen Ruhm unter diesen Heiden zu verbreiten. Ich baue deinen verfluchten Tempel so schnell ich kann. Ich bin kein Priester, den du mit grollenden Worten und blendenden Erscheinungen erschrecken kannst. Hebe dich hinweg, und laß diesen armseligen Flecken unerleuchtet. Die Menschen hier verdienen mich nicht, und sie verdienen dich nicht!«

Ein Windstoß preßte Tempus' Wollkittel unter der Kettenrüstung auf seine Haut.

*»Ich habe dich hierhergeschickt, damit du mir einen Tempel unter den Heiden baust. Und einen Tempel wirst du erbauen, o Schlafloser!«*

»Einen Tempel werde ich erbauen. Jawohl, mein Herr Vashanka, Meister der Schneide und der Spitze. Wenn du mich in Ruhe läßt, damit ich auch dazu komme!« Verdammter, aufdringlicher Gott! »Wenn du mir mein Pferd blendest, o Gott, werde ich dir das Tier statt der im Kampf gefallenen Feinde auf deine Schwelle legen, wie es das Ritual verlangt. Dann werden wir ja sehen, wer kommt, dich anzubeten.«

*»Treib nicht deinen Spott mit mir, Menschlein!«*

»Dann laß mich in Frieden. Ich tue, was ich kann.

Es ist kein Platz für fremde Götter in den Herzen dieser Freistätter. Dafür haben die Ilsiger Götter gesorgt, unter deren Schutz sie geboren wurden. Tu doch etwas Erstaunliches: Jag ihnen Furcht vor dir ein!«

*»Ich kann nicht einmal dich dazu bringen, dich vor mir zu ducken, unverschämtes Menschlein!«*

»Selbst deine Drohungen verlieren nach dreihundertfünfzig Jahren ihre Wirkung. Geh, jag den Einheimischen Schrecken ein. Dieses Pferd wird noch lahmen, wenn es erhitzt so lange im Regen stehen muß.«

Der Donner änderte den Ton und bediente sich der List: *»Begib dich in den Hafen, mein Sohn. Erschaue, was ich dort getan habe. Und im Labyrinth, wo ich meine Macht kund tue!«*

Damit verschwand der leuchtende Blitzkreis, der Donner verstummte, und der Westwind vertrieb die Wolken, daß der Vollmond auf das Land schien.

»Zuviel Krrf«, murmelte der Söldner, der sich als Höllenhund hatte anwerben lassen. »Höllenhunde« nannten die Bürger des Prinzen Leibgarde. Für Tempus war Freistatt die Hölle. Das einzige, was sie erträglich machte, war Krrf, das Rauschgift seiner Wahl. Er fuhr sich mit feuchter Hand über die Lippen und kramte unter seinem Gürtel aus Menschenleder, bis seine Finger eine kleine Silberdose zum Vorschein brachten, die er immer bei sich trug. Er öffnete sie und gab sich eine Prise des schwarzen Caronne-Krrfs auf die fleischige Mulde zwischen Daumen und Zeigefinger.

Eine Hälfte schnupfte er in das linke, die andere in das rechte Nasenloch, und seufzte tief.

»Zuviel verdammter Krrf«, murmelte er kichernd, denn sein Krrf war völlig rein, nie kaufte er vermischten. Jeder Zoll seiner sechseinhalb Fuß prickelte angenehm. Aber eines Tages würde er doch aufhören müssen das Zeug zu nehmen – an dem Tag, an dem er sein Schwert niederlegte.

Er tastete nach dessen Griff und tätschelte ihn. Seit er in dieser götterverlassenen Stadt von Zauberern und Dieben war, nannte er sein Schwert Winderbefrieder. Er wartete ab, bis der anfängliche, durch die Droge hervorgerufene Taumel verflogen war, dann erst lenkte er sein Pferd heimwärts.

Der Krrf war es, der ihn veranlaßte, den Weg, der am Hafen entlangführte, zu nehmen, nicht die Anweisung des Blitzwesens oder gar Furcht vor Vashanka. Schließlich sollte sein Pferd genügend Auslauf haben, ehe er es in die Stallung brachte, die die Höllenhunde mit den Garnisonssoldaten teilten. Was hatte ihn bloß dazu gebracht, hierher in diese hinterwäldlerische Ilsig-Gegend zu kommen? Ganz bestimmt nicht der Sold, den er sich ganz besonders hoch ausgehandelt hatte. Auch nicht wegen jener in Ranke, die ihn unterstützten –, die den Kaiser so sehr haßten, daß sie sogar bereit waren, sich hinter ein Knäblein wie Kadakithis zu stellen, solange sie sich dadurch nicht zur Zielscheibe allzu vieler Witze machten. Auch nicht des Tempels wegen, obgleich er ihn gern baute. Nein, es war wegen der immer noch vorhandenen Reste von Sympathie für einen Prinzen, der so unfähig war, daß er nah und fern unter dem Namen »Kitty« oder »Kittycat« bekannt war, wie man sonst nur ein winziges Kätzchen nannte. Vor langer Zeit hatte Tempus seinem Erstgeburtsrecht entsagt und den Thron von Azehur seinem Bruder überlassen, der sich aus der Palastpolitik herausgehalten hatte. Im Tempel seiner Lieblingsgöttin hatte er eine Schrift über das Wesen des Seins hinterlegt und dann seine Heimat verlassen. War er wirklich jemals so jung gewesen, so jung wie Prinz Kadakithis, über den selbst die Winder die Nase rümpften?

Tempus war damals schon dabeigewesen, als die Ilsiger noch Feinde waren. Auf jedem Schlachtfeld im Krieg zwischen Ranke und Ilsig hatte er gekämpft. Er hatte mehr Ilsiger aufgespießt als die meisten andern, und ihnen zugesehen, wie sie sich wanden, bis der Tod sie endlich erlöste. Manche behaupteten, er hätte sich den Schimpfnamen »Winder« für sie ausgedacht, das stimmte nicht, zweifellos hatte er aber zu seiner Verbreitung beigetragen ...

Er ritt den Breitenweg entlang und vorbei an den Kais. Ein Schiff legte soeben an, und eine Menschenmenge hatte sich davor versammelt. Er zwängte sein Pferd hindurch. Da es außer ihm nur noch vier Höllenhunde in Freistatt gab, abgesehen von den Garnisonssoldaten, die sich jedoch nie zu weniger als sechs auf die Straße wagten, sah er es als seine Pflicht an, hier nach dem Rechten zu sehen.

Ihm gefiel gar nicht, was er von dem Mann sah, dem man gerade aus dem sturmzerstörten Schiff half. Wie dieses Schiff überhaupt noch, ohne ein einziges unbeschädigtes Segel, in den Hafen gelangen konnte, war ein Wunder. Mit bleichen Lippen murmelte der Mann etwas zu den ihn umringenden Ilsigern, ehe er in eine rankanische Sänfte kletterte, die ihn zum Palast bringen sollte.

Tempus gab dem Pferd die Sporen. »Wer ist er?« fragte er den Obereunuchen, dem er sich in den Weg stellte.

»Aspect, der Erzmagier«, lispelte der Palastlakai. »Als ob das Euch etwas anginge.«

Hinter dem Lakei und den vier ebenholzschwarzen Sklaven zitterte die schultergetragene Sänfte. Die Vorhänge mit Kittys Wappen wurden zurückgezogen und schnell wieder fallengelassen.

»Aus dem Weg, Hund!« quiekte der erboste kleine Obereunuch.

»Aufregung ist nicht gut für dich, Eunice«, mahnte Tempus. Er wünschte sich, er wäre in Caronne; wünschte sich, er wäre nie einem Gott begegnet; wünschte sich, er wäre ganz woanders. O Kitty, was hast du bloß jetzt wieder gemacht! dachte er. Außerordentlicher Alchimist, Meuchelmörder von Zauberern, Hexer, all das war Alain Aspect – und ausgerechnet ihn hatte Kitty in eine Stadt gerufen, in der es von Vertragszauberern nur so wimmelte!

»Zurück, zurück, zurück!« befahl er seinem Pferd. Vorwurfsvoll wandte es den Kopf, aber es gehorchte.

Er vernahm ein Kichern unter den Eunuchen und ebenfalls in der Menge. Er drehte sich im Sattel um. »Hakiem!« warnte er. »Wenn ich irgendwelche Geschichten über mich höre, die mir nicht gefallen, weiß ich, wessen Zunge ich an meinen Gürtel hängen werde!«

Der gebeugte, immer auf Neuigkeiten versessene Geschichtenerzähler, wie immer von Straßenkindern umgeben, hörte auf zu lachen. Seine entzündeten Augen blickten in die von Tempus. »Ich habe eine Geschichte, die ich Euch erzählen möchte, Höllenhund, eine, die Ihr gewiß gern hört, wie ich untertänig glaube.«

»Die wäre, Alter?«

»Kommt näher, Höllenhund, und sagt mir erst, was Ihr dafür zu bezahlen bereit seid.«

»Wie soll ich wissen, wieviel sie wert ist, ehe ich sie nicht gehört habe?« Das Pferd hob schnaubend den Kopf, als plötzlich übler Gestank von der Abwindküste herbeiwehte.

»Dann müssen wir eben feilschen.«

»Beeilen wir uns, Alter. Ich habe noch viel zu tun in dieser Nacht.« Er tätschelte sein Pferd, sah, wie die Ilsiger sich um ihn scharten, und schaute auf sie, deren Köpfe ihm zu den Hüften reichten, herab.

»Das ist das erste Mal, daß er ausgewichen ist!« hörte Tempus in der Menge flüstern. Er suchte mit den Augen nach dem Sprecher, aber es konnte jeder gewesen sein. Es würde noch viel mehr derartiges Gerede geben, sobald die Anwesenden es weitererzählten. Aber er stellte sich keinem Zauberer in den Weg. Nie wieder. Er hatte es einmal gewagt, in der Überzeugung, sein Schutzgott würde ihm helfen. Unwillkürlich glitt seine Hand zur Hüfte. Unter der Kettenrüstung und braunem Wollunterzeug trug er einen Damenschal, den er nie ablegte. Er war verblichen und fadenscheinig, doch er gemahnte ihn, sich nie wieder mit einem Zauberer anzulegen. Der Schal war alles, was ihm von ihr geblieben war, der Geliebten, um die es bei dieser Auseinandersetzung gegangen war.

Vor langer Zeit in Azehur …

Er seufzte. Schließlich sagte er mit einer Stimme, die heiser war von endlosen Kampfbefehlen: »Nun, wie du willst, Winder, und hoffe, daß du den Morgen noch erlebst.« Er nannte einen Preis, der Geschichtenerzähler einen anderen. Sie einigten sich in der Mitte.

Der Alte trat näher und legte eine Hand auf den Nacken des Pferdes. »Der Sturm kam, Blitze zuckten, Donner grollte – und der Ils-Tempel stürzte ein. Der Prinz hat sich die Hilfe eines mächtigen Hexers gekauft, den selbst der tapferste Höllenhund fürchtet. Eine Frau wurde nackt und halbtot an die Abwinderküste gespült, und in ihrem Haar steckten Brillantspangen.«

»Spangen?«

»Nun – Haarnadeln.«

»Wundervoll. Sonst noch was?«

»Die Rothaarige aus Amolis Liliengarten starb bei Mondaufgang.«

Tempus wußte sehr wohl, welche Hure der Alte meinte. Die Geschichte gefiel ihm gar nicht, jedenfalls bis jetzt nicht. Er knurrte: »Für den Preis, den du verlangst, mußt du mir schon etwas Erstaunlicheres bieten, und zwar schnell.«

»Zwischen dem Wilden Einhorn und dem Wohnhaus an der Ecke erschien plötzlich ein Bauwerk – auf dem leeren Platz, auf dem der Schwarze Turm stand, Ihr wißt doch ...«

»Ja, ich weiß.«

»Ist das erstaunlich?«

»Interessant. Was noch?«

»Es hat eine vergoldete Kuppel und zwei Türen. Über diesen Türen sind Schilder. Auf einem steht ›Männer‹, auf dem anderen ›Frauen‹.«

Also hatte Vashanka sein Wort gehalten.

»Im Innern – das jedenfalls behaupten die Gäste des Einhorns – werden Waffen verkauft. Ganz besondere Waffen. Und der Preis dafür ist hoch.«

»Was hat das mit mir zu tun?«

»Einige Leute, die durch diese Türen getreten sind, sind nicht mehr herausgekommen. Und einige, die herauskamen, fielen übereinander her und kämpften bis zum Tod. Andere haben getötet, wer ihnen gerade in den Weg kam. Aber die Kunde verbreitet sich, und Ilsiger wie Rankaner stellen sich wie Brüder vor den Türen an. Da einige in der Schlange Falkenmasken waren, dachte ich, es würde Euch interessieren.«

»Ich bin gerührt, Alter. Ich hatte keine Ahnung, daß du so an mich denkst.« Er warf die Kupfermünzen vor des Geschichtenerzählers Füße und riß sein Pferd seitwärts, daß es sich aufbäumte. Als es die Beine wieder aufsetzte, lenkte er es im Trab durch die Menge. Sollte das Gesindel doch zusehen, wie es sich vor seinen Hufen in Sicherheit brachte!

## 2

In Freistatt herrschte die Magie. Kein Zauberer glaubte an Götter, wohl aber an das Gesetz des Ausgleichs, und an das Böse. Und deshalb, weil allem Bösen das Gute gegenüberstehen mußte, bezogen sie die Götter mit ein. Wenn man den Göttern nur ein bißchen nachgab, beanspruchten sie gleich die ganze Seele. Die einfachen Leute und kleinen Gauner, die vor Vashankas Waffenladen Schlange standen, wußten davon nichts, und falls es ihnen auffiel, daß sich kein Zauberer oder Hexer zu ihnen gesellte, zogen sie zumindest nicht die richtigen Schlußfolgerungen daraus.

Sie drängten hinein – die Männer von links von Tempus, wo das Wilde Einhorn stand, und die Frauen von rechts, wo sich das Wohnhaus befand.

Tempus persönlich fand es weder weise von einem Gott, noch seiner würdig, sich geschäftlich zu betätigen. Auf der anderen Straßenseite stehend, achtete er darauf, wer den Kuppelbau betrat und wer ihn verließ.

Er war sich nicht sicher, ob er selbst hineingehen sollte oder nicht.

Ein Schatten schloß sich der Menschenschlange an, löste sich, schritt im trügerischen, schwindenden Sternenlicht auf das Wilde Einhorn zu. Dann sah er ihn, zögerte und trat einen Schritt zurück.

Mit dem Ellbogen auf den Schwertgriff gestützt, beugte Tempus sich vor und winkte mit dem Finger. »Hanse, ich möchte mit dir sprechen.«

Der junge Mann huschte zu ihm. Dann und wann fiel etwas Licht aus der offenen Schenkentür auf seine Waffen. Es gab kaum einen Körperteil, an dem Nachtschatten keine Waffe trug.

»Was wollt Ihr, Tempus? Ständig seid Ihr hinter mir her. Es gibt größere Frösche als mich im Freistattpfuhl.«

»Willst du denn nichts kaufen heute nacht?«

»Ich komme mit dem zurecht, was ich habe. Ich will nichts von irgendwelchen Zauberern.«

»Stiehlst du was für mich?« flüsterte Tempus und beugte sich tiefer. Der junge Mann hatte schwarzes Haar, schwarze Augen, und die Aussichten in seinem Beruf waren nicht weniger schwarz.

»Ich höre.«

»Zwei Brillantnadeln von der Dame, die heute aus dem Meer gespült wurde.«

»Warum?«

»Ich werde dich nicht fragen, wie, und du wirst mich nicht fragen, weshalb, oder wir vergessen es beide.« Er setzte sich im Sattel hoch auf.

»Gut, dann vergeßt es.« Nachtschatten wollte ohnehin nichts mit diesem Höllenhund zu tun haben.

»Schön, nennen wir es einen Spaß – ein Streich, den ich einer alten Freundin spielen möchte.«

Der Dieb schlich in tiefe Schatten, wo Tempus ihn nicht sehen konnte, und nannte seinen Preis.

Der Höllenhund feilschte nicht, sondern bezahlte gleich lediglich die Hälfte der Forderung.

»Ich habe gehört, daß Ihr gar nicht wirklich für Kittycat arbeitet, daß Ihr der Söldnergilde regelmäßig Euren Beitrag bezahlt, und daß Kittycat schon weiß, weshalb er Euch keine Befehle erteilt. Wenn Ihr um den Preis nicht handelt, muß er zu niedrig sein.«

Schweigen.

»Stimmt es, daß Ihr die Hure fertiggemacht habt, die heute nacht starb? Und daß Amoli sich vor Euch so sehr fürchtet, daß Ihr in ihrem Haus tun könnt, was Euch beliebt, ohne je zu bezahlen?«

Tempus' Lachen klang wie krachendes Eis. »Ich werde dich dorthin mitnehmen, wenn du das Gewünschte bringst, dann kannst du ja selbst sehen, was ich tue.«

Aus den Schatten kam keine Antwort. Nur das Rollen eines Steinchens war zu hören.

Ja, ich werde dich dorthin mitnehmen, Kleiner. Und ja, du hast recht. In jeder Beziehung. Und du hättest mehr verlangen sollen.

## 3

Tempus blieb noch und gönnte sich einen kalten Imbiß, den er sich aus dem Einhorn hatte bringen lassen. Plötzlich vernahm er über sich eine Stimme. »Aus dem Geschäft wird nichts, das Mädchen ist eine Zauberin, wenn auch eine hübsche. Ich habe keine Lust, mich wegen ein paar Klunkern, die mich selbst nicht einmal interessieren, verhexen zu lassen, und das für nichts weiter als ein Butterbrot!«

*Mädchen?* Die Frau war fast so alt wie er, außer es gab noch ein Paar Brillantnadeln, was er jedoch bezweifelte. Er gähnte und dachte gar nicht daran, nach dem Beutel zu langen, der über seinem Kopf vom Dach baumelte. »Du enttäuschst mich. Ich dachte, Nachtschatten könnte stehlen.«

Der Spott tat seine Wirkung. Der Dieb zog den Beutel zurück. Etwas sagte Tempus, daß er wieder allein war, von der Schlange abgesehen, die zu Vashankas Laden drängte. Bisher hatte er dreiundzwanzig Käufer gezählt, die mit geheimnisvollen Waffen wieder herausgekommen und fortgegangen waren. Vier andere waren vor seinen Augen gestorben.

Ein Berufsgardist wie Zalbar hätte möglicherweise eingegriffen. Aber Tempus trug Vashankas Amulett um den Hals, und auch wenn er mit seinem Gott nicht einverstanden war, würde er doch nichts gegen ihn unternehmen.

Die Frau, auf die er wartete, erschien im Morgengrauen. Er mochte dieses Halbdunkel, es war gut zum Töten und zum Lieben. Manchmal hatte er wirklich Glück und war so müde, daß er um diese Zeit ein bißchen Schlaf fand. Ein Mann, der von einem Erzmagier verflucht und von einem Gott in seinen Dienst gezwungen worden war, kam nicht viel zum Schlafen. Er jagte hinter dem Schlaf her wie andere Männer hinter Weiberröcken. Frauen im allgemeinen langweilten ihn, außer er eroberte sie im Kampf – oder sie waren Huren.

Diese Frau, deren schwarzes Haar über das Wildleder um ihre Schultern fiel, war die Ausnahme.

Leise rief er ihren Namen. Und wieder: »Cime!« Sie drehte sich um, und nun schwand der letzte Zweifel. Er hatte sich schon gedacht, daß Hakiem nur sie meinen konnte.

Ihre Augen waren grau. Silberfäden durchzogen ihr Haar, aber sie sah immer noch gut aus. Sie hob die Hände, zögerte und drückte sie dann auf den Mund, der sich vor Angst spannte. Er wußte, wohin sie ursprünglich hatte greifen wollen – auf den Kopf, zu den Nadeln, die nicht mehr da waren.

Er blieb unbewegt im Sattel, sprach auch nicht mehr. Er ließ sie selbst entscheiden. Sie schaute sich hastig auf der Straße um, dann kam sie zu ihm.

Als ihre Hand den Zügel berührte, warnte er: »Er beißt.«

»Weil du ihm das beigebracht hast. Mich wird er nicht beißen.« Sie legte dem Pferd die Hand auf die Nase und drückte auf eine bestimmte Stelle. Der Schimmel hob den Kopf ein wenig, stöhnte und erschauderte sichtlich.

»Was willst du dort drinnen?« Er deutete mit dem Kopf auf Vashankas Laden. Eine kupferfarbene Haarsträhne fiel ihm über ein Auge.

»Mein Handwerkszeug wurde gestohlen.«

»Hast du Geld?«

»Etwas. Nicht genug.«

»Komm mit mir.«

»Nie wieder.«

»So hast du also deinen Schwur gehalten?«

»Ich töte Hexer. Ich darf mich von keinem Mann berühren lassen, außer er ist ein Kunde. Ich darf nicht lieben. Ich bin keuschen Herzens.«

»All diese schmerzlichen Jahre?«

Sie lächelte. Er sah Altersfältchen um die Mundwinkel, die keine Salben, Trünke oder Schönheitszauber verbergen konnten. »Jedes einzelne. Und du? Du hast den blauen Stern nicht genommen, sonst würde ich ihn auf deiner Stirn sehen. Welche Kräfte dienen dir?«

»Keine. Rache ist sinnlos. Die Vergangenheit lebt nur noch in uns. Ich tauge nicht zur Zauberei, dazu halte ich viel zu viel von der Logik.«

»Du bist also verdammt?«

»Wenn du es so nennen willst – vermutlich ja. Ich arbeite manchmal für den Sturmgott. Ich kämpfe viel.«

»Was hat dich hierherverschlagen, Cle ...«

»Tempus, jetzt. Ich baue einen Tempel für ihn.« Er deutete auf Vashankas Waffenladen auf der anderen Straßenseite. Sein Finger zitterte. Er hoffte, daß sie es nicht bemerkt hatte. »Du darfst hier deinem Handwerk nicht nachgehen. Ich bin hier als Höllenhund in Diensten. Das Ansehen muß gewahrt bleiben. Bring mich nicht in die Verlegenheit, mich gegen dich stellen zu müssen. Es wäre eine zu schlimme Erinnerung.«

»Für den Überlebenden? Ist es möglich, daß du mich immer noch liebst?«

»Nein«, antwortete er, räusperte sich jedoch schnell. »Geh nicht hinein! Ich kenne Vashanka zu gut und kann dir nur raten, nicht in seine Dienste zu treten. Ich bringe dir zurück, was du verloren hast. Triff mich um Mitternacht im Liliengarten, dann bekommst du sie zurück. Nur töte keine Zauberer bis dahin. Tust du es, bekommst du dein Handwerkszeug nicht wieder – und anderes kriegst du nirgends.«

»Du bist verbittert. Was kann es schon schaden, wenn ich tue, wozu du zu schwach bist?« Sie hob die rechte Augenbraue. Es tat ihm weh, sie anzusehen.

»Wir sind, was schadet. Und wir sind auch die Geschädigten. Ich fürchte, du wirst dein Fasten abbrechen müssen, sei darauf vorbereitet. Ich werde mit mir zu Rate gehen, aber versprechen kann ich nichts.«

Sie seufzte. »Ich habe mich getäuscht. Du hast dich kein bißchen geändert.«

»Laß mein Pferd los.«

Sie tat es.

Er wollte ihr sagen, sie solle auch sein Herz loslassen, aber er brachte die Worte nicht heraus. Er wendete sein Pferd und trabte die Straße entlang. Er hatte jedoch nicht vor, sich von hier zu entfernen, so wartete er in einer Seitengasse, bis sie fort war.

Dann winkte er einen vorüberkommenden Soldaten heran und schickte ihn mit einer Nachricht in den Palast.

Als die Sonne auf die Wetterfahne des Wilden Einhorns schien, kamen die Ersatztruppen, und Kadakithis neuer Hexer Aspect begleitete sie.

»Seit gestern nacht? Und Ihr habt erst jetzt daran gedacht, es zu melden!« Die bleichen Lippen des

Zauberers spannten sich. Seine Augen unter der ins Gesicht gezogenen Kapuze schienen zu brennen.

»Ich hoffe, Ihr und Kadakithis habt Euch unterhalten.«

»Das haben wir, das haben wir. Ihr seid doch nach all den Jahren nicht immer noch im Zorn mit der Welt?«

»Ich lebe. Dafür habe ich Euresgleichen zu danken oder zu verfluchen, wie auch immer.«

»Findet Ihr es nicht merkwürdig, daß wir zusammengebracht wurden – als Gleichgestellte?«

»Das dürfte nicht ganz das richtige Wort dafür sein, Aspect. Was habt Ihr hier vor?«

»Nun, nun, Höllenhund ...«

»Tempus.«

»Gut, Tempus. Euren sprichtwörtlichen Sinn für Ironie habt Ihr nicht verloren. Ich hoffe, es ist Euch ein Trost.«

»Allerdings. Mischt Euch nicht in der Götter Angelegenheiten ein, Gildenbruder meiner Nemesis.«

»Unser Prinz ist zu Recht besorgt. Diese Waffen ...«

»... stellen das Gleichgewicht zwischen den Unterdrückern und den Unterdrückten her. Die wenigsten in Freistatt können sich Eure Dienste leisten oder die Preise selbst der niedrigsten Mitglieder der Zauberer-Gilde bezahlen. Laßt es sein. Wir bekommen die Waffen zurück, sobald das Schicksal ihre Träger ereilt.«

»Ich muß Kitt ..., ich meine, Kadakithis Bericht erstatten.«

»Dann meldet ihm, daß ich mich der Sache annehme.« Er sah, wie die Soldaten hinter dem Hexer die Köpfe zusammensteckten. Dreißig Mann hatte der Erzmagier mitgebracht. Viel zu viele.

»Ihr und ich, wir haben viel gemein, Tempus. Verbünden wir uns.«

»Lieber steige ich mit einer ilsiger Matrone ins Bett!«

»Nun, ich gehe jedenfalls hinein.« Aspect schüttelte den Kopf, daß die Kapuze zurückfiel. Er war blond, von unbestimmbarem Alter und gut aussehend. »Mit oder ohne Euch.«

»Tut, was Ihr nicht lassen könnt«, brummte Tempus.

Der Erzmagier blickte ihn eigenartig an. »Wir leisten dieselben Dienste auf der Welt, Ihr und ich. Wir töten, und ob wir es nun mit natürlichen oder übernatürlichen Waffen tun, ändert nichts an der Tatsache. Ihr seid nicht besser als ich.«

»Sicher nicht, nur, daß ich länger als Ihr leben werde. Und ich werde dafür sorgen, daß Ihr Euer nötiges Bestattungsritual nicht bekommt!«

»Das – das würdet Ihr doch nicht tun?«

»Wie Ihr sagtet – mein Zorn gilt jedem einzelnen von Euch!«

Mit einer Verwünschung, bei der selbst die Soldaten die Hände auf die behelmten Ohren drückten, rannte der Erzmagier über die Straße und ohne ein weiteres Wort durch die Tür, über der das Schild »MÄNNER« hing. Er winkte seinen Leuten, ihm zu folgen.

Der abnehmende Mond stand hoch am Himmel, als eine Schenkmaid herbeikam und Tempus fragte, ob er keinen Hunger habe. Sie brachte ihm Fisch, den er aß, ohne die Türen aus den Augen zu lassen.

Als er den letzten Bissen schluckte, war ein schreckliches Grollen zu vernehmen und gleich darauf bebte die Straße. Tempus sprang aus dem Sattel und beruhigte sein Pferd. Die Türen von Vashankas Waffenladen begannen zu schimmern und nahmen Farbe an. Der Mond versteckte sich hinter einer Wolke. Die Kuppel des neuerschienenen Bauwerks wackelte. Risse durchzogen sie, und Dampf stieg von ihr auf. Die Türen waren jetzt rubinrot und fingen an zu schmelzen. Gewimmer und Schreie waren zu hören, während Schwefel- und Ozongeruch sich ausbreitete.

Gäste aus dem Wilden Einhorn kamen mit Krügen in der Hand auf die Straße, hielten sich jedoch in sicherer Entfernung von dem schwankenden Bauwerk, das nun heulte, während es sich aufblähte und prasselnd Feuer spuckte. Die Türen glühten weiß und waren fast nicht mehr zu sehen. Eine Gestalt hob sich von der linken Türöffnung ab und versuchte in die leere Luft zu klettern. Sie brannte und kreischte, hüpfte verzweifelt, mit dem Gesicht zur Straße gewand, war aber nicht imstande, durch die unsichtbare Barriere zu gelangen, gegen die sie hämmerte. Der Gestank von brennendem Fleisch war grauenvoll. Hinter der Gestalt schmolzen Helme, und das Metall tropfte in die verzerrten Gesichter der Soldaten, deren Schnurrbärte Feuer gefangen hatten.

Der Hexer, der gegen die unsichtbare Barriere schlug, hatte keine Fäuste mehr, und die Soldaten hinter ihm begannen zu verkohlen als Bilder der Verdammnis. Die Türen, die kaum mehr zu sehen gewesen waren, kühlten ab, glühten zuerst weiß, dann gold, dann rot.

Auf der Straße herrschte die Stille des Schreckens. Nur das Schnauben des Pferdes und das Kreischen des Kuppelbaus waren zu hören. Dann wurde das Kreischen zu einem Knurren und Röcheln. Die inzwischen weiter abgekühlten Türen wurden dunkel.

Die verstörten Zuschauer murmelten Schutzworte, machten Schutzzeichen und kehrten, immer wieder einen Blick über die Schulter werfend, ins Wilde Einhorn zurück.

Tempus, der dreißig unschuldige Soldaten und

einen schuldbeladenen Hexer hätte retten können, holte sein Silberdöschen hervor und schnupfte eine Prise Krrf.

Er mußte bald im Liliengarten sein.

Als er dort ankam, war die durch Krrf und Tod herbeigeführte freudige Erregung vergangen.

Was war, wenn Nachtschatten nicht mit den Nadeln kam? Was war, wenn Cime nicht kam, sie sich zurückzuholen? Was war, wenn es immer noch schmerzte, wie seit mehr als dreihundert Jahren nicht mehr?

Er hatte eine Botschaft vom Palast, von Prinz Kadakithis persönlich. Aber er würde sich nicht dorthin begeben, noch nicht. Er wollte keine Fragen über des Aspects Ende beantworten, nicht darin verwickelt erscheinen. Seine einzige Chance, dem Prinz-Statthalter wirklich zu helfen, ließ sich nur nutzen, wenn er auf seine eigene Weise vorging. Das waren von vornherein seine Bedingungen gewesen. Und Kittys Anhänger in der rankanischen Hauptstadt waren darauf eingegangen. Sie hatten ihn angestellt, ihn ersucht, in Freistatt den Höllenhund zu spielen und zu sehen, was er tun konnte. Nirgendwo hatten Kriege stattgefunden, und ihn hatte die Langeweile gequält, in seinen endlosen, düsteren Tagen. So hatte er, um beschäftigt zu sein, die Fürsorge für Kitty übernommen. Das Errichten des Vashanka-Tempels tat er mehr aus sich heraus, als für Kadakithis, der zwar einsah, daß die Erhebung der Staatsgötter über die Ilsiggötter nötig war, im Grund genommen aber nur etwas von Zauberei und seinem eigenen, edlen rankanischen Blut hielt.

Tempus war nicht glücklich über diesen Zwischenfall mit Vashankas Waffenladen. Eine unsaubere Sache, dieses Schmelzen und sich Wiederverfestigen. Der Erzmagier mußte über nicht geringe Kräfte verfügt haben, daß der Kampf für alle im Freien sichtbar geworden war.

Weisheit ist, den Gedanken zu kennen, der alles durch alles lenkt, hatte ein befreundeter Philosoph einmal zu ihm gesagt. Der Gedanke aber, der in Freistatt alles lenkte, war verschwommen und verworren.

Das war der Haken, das Problem, wenn man Übernatürliches in einer natürlichen Umgebung anwandte. Alles geriet durcheinander. Wenn so viele Zauber am Werk waren, wurde das Gewebe der Kausalität übermäßig gedehnt. Fügte man noch die Götter hinzu, dann sahen das Gute und das Böse sich auf einem Spielbrett gegenüber, das die gesamte Erscheinungswelt einschloß. Er wünschte sich, die Götter blieben in ihrem Himmel, und die Zauberer in ihrer Hölle.

Oh, endlosen Spott hatte er sich anhören müssen, über die Simultaneität; die ständige Neubestimmung der Gegenwart durch Vergleiche mit der Zukunft; das alchimistische Gesetz der Übereinstimmung. Als er Student der Philosophie gewesen war und Cime ein junges Mädchen, hatte er gelernt, daß der Geist schrankenlos ist und sich selbst lenkt, während alles andere miteinander verbunden ist, daß nichts völlig getrennt von allem andern und nichts geteilt ist, außer dem Geist.

Die Zauberer sahen es etwas anders: Sie beschworen das Bewußtsein der Dinge und bedienten sich ihrer nach den Gesetzen der Magie.

Weder Philosophie, noch Theologie, noch Thaumatologie boten Tempus die Lösung. So hatte er sich von ihnen allen abgewandt. Doch was er gelernt hatte, konnte er nicht vergessen.

Und kein Eingeweihter gibt gern zu, daß man

nichts umsonst bekommt. Der Preis für unnatürliches Leben ist unnatürlicher Tod.

Er wünschte sich, er könnte in Azehur bei seiner Familie aufwachen und erkennen, daß alles nur ein unheiliger, schlimmer Traum gewesen war.

Doch statt dessen erreichte er Amolis Freudenhaus, den Liliengarten. Fast, aber nicht ganz, ritt er die Stufen hoch. Der Versuchung widerstehend, dachte er darüber nach, daß es in jedem Zeitalter, das er studierte, Weltuntergangsstimmungen gegeben hatte. Kein Jahrtausend ist für den, der in ihm lebt, wirklich zufriedenstellend. Im Altertum wurden genügend Prophezeiungen gemacht, daß in jedem Zeitalter einer, der es sich in den Kopf setzte, behaupten, und diese Behauptung untermalen konnte, daß das Weltende bevorstehe. Doch zu diesen düsteren Gesellen wollte er nicht gehören. Er hatte nicht vor, sich über irgend etwas anderes Gedanken zu machen, als über sich selbst und die Angelegenheit, die der Erledigung durch ihn harrte.

In Amolis Haus spielte Hanse, mit einem ganz jungen Mädchen auf jedem Knie, den großen Mann.

»Ah«, winkte er Tempus zu. »Ich habe etwas für Euch.« Nachtschatten schob beide Dirnen von sich, stand auf und räkelte sich, daß das Leder jeder Scheide der Arm-, Bein- und Gürteldolche leicht knarrte. Die beiden Mädchen zu seinen Füßen blickten mit furchtgeweiteten Augen zu Tempus hoch. Eines wimmerte und klammerte sich an Nachtschattens Schenkel.

»Kammerschlüssel!« befahl Tempus niemandem im besonderen und streckte die Hand aus. Der Pförtner, nicht Amoli, brachte ihm das Gewünschte.

»Hanse?«

»Ich komme schon.« Nachtschatten griff nach einem der zwei Mädchen.

»Allein!«

»Ihr seid aber nicht mein Typ«, brummte der Dieb argwöhnisch.

»Ich brauche nur einen Augenblick deiner Nacht, mit dem Rest kannst du machen, was du willst.«

Tempus betrachtete den Schlüssel, dann stieg er eine Treppe hoch und ging zu der Kammer mit der Nummer, die auch der Schlüssel trug.

Nachtschatten folgte ihm fast lautlos.

Als der Austausch stattgefunden hatte, verließ der Dieb die Kammer, zufrieden mit der Bezahlung, die Tempus von sich aus erhöht hatte; aber er war sich nicht sicher, ob der Höllenhund seine Leistung auch wirklich zu schätzen wußte, und ob er nicht noch viel mehr dafür hätte verlangen und bekommen können.

Er sah die Frau, die er beraubt hatte, bevor sie ihn bemerkte, und verzog sich deshalb hastig in die Kammer einer anderen Dirne, als der ursprünglich erwählten, um einen Zusammenstoß mit der Bestohlenen zu vermeiden. Als deren Schritte verklungen waren oder vielmehr vor der Tür anhielten, hinter der der Höllenhund wartete, warnte er das Mädchen, ihn ja nicht zu verraten, ehe er die Hand von ihrem Mund nahm und die Treppe hinunterhuschte, um sein Geld lieber anderswo auszugeben.

Wäre er geblieben, hätte er vielleicht den wirklichen Wert der Brillantnadeln erfahren, oder worüber der Söldner mit der hohen Stirn, die plötzlich tiefe Sorgenfalten aufwies, und dem sonst so leicht getragenen Gewicht, das ihn heute niederzudrücken schien, sich Sorgen machte. Oder er hätte Tempus' rätselhafte Abschiedsworte verstanden.

»Ich würde dir helfen, wenn ich könnte, Nachtwandler«, hatte er zu ihm gesagt. »Wenn ich dir vor langer Zeit begegnet wäre oder du was für Pferde übrig hättest, gäbe es eine Chance. Du hast mir einen großen Dienst erwiesen, der mehr wert ist, als der Inhalt des Beutels. Ich bin selten in jemandes Schuld, aber du, dem ich etwas verdanke, kannst jederzeit zu mir kommen.«

»Ihr habt mich bezahlt, Höllenhund. Ich bin zufrieden.« Hanse war verwirrt gewesen über des anderen Schwäche, die er nie erwartet hätte. Dann, als er sah, wie der Höllenhund ein Döschen mit Krrf hervorkramte, hatte er geglaubt zu verstehen.

Doch später kehrte er zu Amolis Haus zurück, allerdings nur bis zur Treppe, und streichelte vorsichtig des großen Mannes Pferd, und der Krrf, den er geschnupft hatte, nahm ihm sogar die Angst vor den kräftigen gelben Zähnen.

## 4

Sie war zu ihm gekommen, sie, Cime. Sie war, was sie war, was sie immer gewesen war.

Er, Tempus, aber hatte sich verändert. Vashanka war in ihm: der Sturmgott, der Schändergott, der Kriegsgott, der Todesgott.

Und so konnte er sie nicht zärtlich nehmen. Nicht seine körperliche Unfähigkeit war es, wie vielleicht zu erwarten gewesen wäre, sondern die kalte Gewißheit: Er würde sie nicht beschmutzen. Und anders täte Vashanka es nicht.

Sie klopfte, trat ein und sagte: »Zeig sie mir.« So sicher war sie, daß er die gestohlenen Brillanten hatte, daß sie bereits die Verschnürung ihres Mieders aus ilsiger Leder zu öffnen begann.

Er streckte ihr ein Bündel entgegen, schmaler als ihr Handgelenk, kürzer als ihr Unterarm. »Da! Wie wurden sie gestohlen?«

»Deine Stimme ist rauher, als ich sie je hörte«, sagte sie. Und fuhr fort: »Ich brauchte Geld; da war dieser Mann – eigentlich hätte ich die Auswahl unter mehreren gehabt –, ein bis an die Zähne bewaffneter

Bursche. Ich hätte es wissen müssen – er ist halb so alt, wie ich zu sein scheine. Was könnte einer wie er schon mit einer Dirne mittleren Alters zu schaffen haben wollen? Aber er erklärte sich ohne zu feilschen mit meinem Preis einverstanden. *Dann* bestahl er mich.« Sie schaute sich um. Ihre Augen waren, wie er sich erinnerte, klare Fenster ihrer Gedanken. Sie war entsetzt.

»Du wunderst dich, wie tief ich gesunken bin?«

Sie wußte, was er meinte, ihre Nasenflügel zitterten, als sie den muffigen Geruch des schmutzigen Bettzeugs aufnahmen, auf dem er vollbekleidet lag und auch nicht besser roch. »Ist es bei mir denn anders? Daß ich hier bin, unter diesen Umständen, macht mich nicht besser als dich.«

»Danke. Das habe ich gebraucht. Tu's nicht.«

»Ich dachte, du wolltest mich.« Sie hörte auf, die Verschnürung weiter zu öffnen.

»Das stimmte auch. Aber ich habe es mir anders überlegt. Nimm eine Prise Krrf.« Um seine Hüften lag der Schal. Sähe sie ihn, würde ihr seine Erniedrigung völlig klar werden. Deshalb hatte er ihn auch nicht abgenommen. Seine Anwesenheit sollte ihn erinnern, falls er doch schwach würde und das Verlangen ihn überwältigte. Nein, *diese* Frau durfte er nicht in den Schmutz ziehen!

Ein wildlederbekleidetes Bein eingezogen, setzte Cime sich auf die Steppdecke.

»Du scherzt!« hauchte sie. Sie kniff die Augen zusammen und nahm von dem Krrf.

»Es wäre danach schlimm für dich, wenn ich dich berührte.«

Mit den Fingerspitzen strich sie über das Leder, in das ihre Brillantnadeln gehüllt waren. »Ich werde dafür bezahlt.« Sie tupfte auf das Bündel. »Ich darf nichts schuldig bleiben.«

»Der Bursche, der sie dir stahl, tat es in meinem Auftrag.«

»War das nötig?«

Er zuckte zusammen. »Warum kehrst du nicht nach Hause zurück?« Sie roch nach Salz und Honig, und er dachte verzweifelt, daß sie nur hier war, weil er es veranlaßt hatte: um ihre Schulden zu bezahlen.

Sie beugte sich vor, fuhr sanft mit einem Finger über seine Lippen. »Aus demselben Grund, aus dem du es nicht tust. Unser Zuhause ist nicht mehr wie früher. Die Zeit hat ihre Spuren hinterlassen.«

»Woher weißt du das?« Er warf den Kopf zurück, daß er heftig gegen das Holz des Bettes schlug.

»Ich glaube es.«

»Ich kann gar nichts mehr glauben, und schon gar nicht, daß deine Hand sagt, was sie zu sagen scheint.«

»Ich – kann – nicht – gehen ...«, hauchte sie, während sie ihm Küsse auf den Hals drückte, »... solange – ich – etwas schulde.«

»Tut mir leid«, sagte er fest und entzog sich ihr. »Ich bin nicht in Stimmung.«

Sie zuckte die Schultern, wickelte die Brillantnadeln aus und steckte sich damit das Haar hoch. »Bestimmt wirst du es später bereuen.«

»Vermutlich hast du recht.« Er seufzte tief. »Aber das ist mein Problem. Ich entbinde dich von deiner Verpflichtung. Wir sind quitt. Ich erinnere mich vergangener Zeiten, als du noch ungezwungen geben konntest.« Um nichts auf der Welt wollte er ihr weh tun. Und er wollte sich nicht vor ihr entblößen. Und aus diesen beiden Gründen hatte er keine andere Wahl. Er setzte sie vor die Tür. Weil es für sie und für ihn das Beste war, war er so unerbittlich wie er nur konnte. Und dann brüllte er hinunter, weshalb er nicht bedient würde.

Als er später in der kalten Nachtluft die Treppe hinunterstieg, erschreckte ihn eine Bewegung hinter dem Apfelschimmel.

»Ich bin es, Nachtschatten.«

Mit abgewandtem Gesicht schwang Tempus sich von der verkehrten Seite in den Sattel, worüber das Pferd sich mit ungehaltenem Wiehern beschwerte. »Was gibt es, Hanse?«

Als Wolken den Mond verbargen, schien Tempus alle Schatten der Nacht an sich zu ziehen. Hanse mochte zwar den Namen tragen, aber Tempus besaß die Fähigkeit dazu. Unwillkürlich erschauderte der Dieb. Es gab keine Schattengötter mehr ... »Ich bewunderte Euer Pferd. Einige Falkenmasken ritten herbei, die sich sehr dafür zu interessieren schienen. Ich schaute sie finster an, und das Pferd blickte ebenfalls böse. Da ritten die Burschen weiter. Ich dachte, vielleicht kommt Ihr bald, und beschloß eine Weile zu warten, um es Euch zu sagen.«

Aus dem Augenwinkel nahm Tempus eine Bewegung wahr, gerade, als des Schimmels Ohren beim Klicken von Eisen auf Stein zuckten. »Sieht so aus, als hättest du lieber gleich verschwinden sollen«, murmelte Tempus, als die erste Falkenmaske sich von der Kreuzung her näherte und andere ihr folgten. Zwei. Drei. Vier. Und noch zwei.

»Mütter!« wisperte der ehemalige Gesell des seligen Klauer Eidschwörer, und schämte sich, weil er nicht bemerkt hatte, daß er nicht der einzige war, der auf Tempus gewartet hatte.

»Das ist nicht dein Kampf, Hanse.«

»Das ist mir klar. Wollen mal schauen, ob sie das auch so sehen.«

Blaue Nacht, blaue Falkenmasken, funkensprühendes Klappern von sechsmal vier Hufen, die auf sie zustürmten. Wiehern. Das Glänzen von feuchten

Zähnen und blanken Waffen; klirrendes Eisen zwischen zitternden, angespannten Pferden. Die Herausforderung des zum Töten ausgebildeten Apfelschimmels an einen anderen Hengst; auf Fleisch schlagende Hufe, aufgerissene und zuschnappende Mäuler; der Todesschrei eines Pferdes mit durchgebissener Kehle. Ständiges Aufpassen auf den Dieb; immer den Schimmel zwischen den Falkenmasken und dem jungen Mann, der nur durch Zufall in die Sache verwickelt wurde, der aber gerade zwei der Angreifer mit Wurfmessern tötete – eines ragte aus einem Auge, das andere aus einem Hals. Tempus würde sich sogar an die Schreie der Dirnen erinnern, Schreie, die gleichzeitig Erregung, Schrecken, Begeisterung und Abscheu verrieten. Er hatte viel Zeit, alles aufzunehmen:

Zeit, sein Schwert zu ziehen, sich einen der Reiter auszuwählen, zu spüren, wie der Griff in der Hand warm wurde und vibrierte. Er nutzte nur ungern einen unfairen Vorteil. Das eiserne Schwert glühte rosig wie die Haut eines Säuglings oder die Sonne eines neuen Tages. Dann begann es in seinem Griff zu handeln. Die Zügel des Schimmels, um den Sattelknauf geschlungen, flatterten lose. Mit den Zähnen knirschend, sagte er dem Tier, was es tun sollte, mit den Knien bedeutete er es ihm, durch die Verlagerung seines Gewichts. Eine Falkenmaske leuchtete grünlich: Zauberschutz. Das hinderte Tempus' Klinge nicht, sie glitt durch Amulette wie durch Butter, durch Rüstungen wie durch Seide. Eine blaue Schwinge pfiff über seinen Kopf, von einem Kameraden des Mannes geworfen, der unendlich langsam starb. Und während das Pferd dieser Falkenmaske zwischen zwei Schritten in der Luft zu schweben schien, schoß Tempus' Schwert hoch und änderte die Farbe des feindsuchenden Bumerangs. Rosa jetzt, nicht mehr blau. Es genügte, den Tod zu jenem zurückkehren zu lassen, der die Schwinge geworfen hatte. So gab es nur noch zwei.

Einer kämpfte gerade mit dem Dieb. Nachtschatten hatte seinen gefährlichen Ilbarsidolch gezogen, der jedoch zu kurz war, das Schwert der Falkenmaske mehr als nur abzuwehren, und zu breit, ihn zu werfen. Außerdem war er an die Mauer des Liliengartens gedrängt. Tempus hatte gerade noch Zeit, sein Pferd dorthin zu lenken und der Falkenmaske den Schädel zu spalten. Der herabsausende Hieb, durch den Tod nicht gebremst, wurde von dem langen Krummdolch abgefangen, den Nachtschatten mit beiden Händen hielt.

»Hinter Euch!«

Tempus hatte gewußt, daß die letzte Falkenmaske noch da war. Aber er konnte den unschuldig in den Kampf hineingezogenen Hanse nicht im Stich lassen. So hatte Tempus seine Wahl getroffen. Er duckte sich, warf sich seitwärts und zügelte das Pferd mit aller Kraft. Das Schwert pfiff über seinen Kopf und scherte ihm das Haar. Der aus dem Gleichgewicht gerissene Schimmel schrie, kippte und fiel auf das linke Bein. Einen Moment eingeklemmt, durchzuckte Tempus brennender Schmerz, und die Falkenmaske sprang herunter, um ihm den Rest zu geben. Da kam der Schimmel wieder auf die Beine. »Töte ihn!« brüllte Tempus. Er hatte die Klinge bereit, lag jedoch noch im Straßenschmutz. Er versuchte, hochzukommen, schaffte es auf die Knie, mit Staub in den Augen. Das Pferd bäumte sich auf und griff an. Die Falkenmaske schlug blindlings zu, die Arme über dem Kopf, das Schwert auf den weichen hellen Bauch gerichtet. Tempus versuchte, das Tier zu retten. Wie sehr er es versuchte! Mit dem singenden Schwert warf er sich auf den Gegner. Zu spät, zu spät. Pferdeblut spritzte. Der schreckliche Schmerzensschrei des Tieres gellte in seinen Ohren. Pferd, Falkenmaske und Tempus gingen um sich schlagend zu Boden.

Als er wieder klar denken konnte, schloß er, daß der Schimmel die Falkenmaske im gleichen Moment getötet hatte, als dessen Klinge dem Tier den Bauch aufschlitzte.

Aber er mußte dem Tier den Gnadenstoß geben. Um sich schlagend, grauenvoll röchelnd, lag es da. Unsicher beugte er sich über den Schimmel, dann kniete er sich neben ihn, streichelte seine Nase. Mit rollenden Augen schnappte das Pferd nach ihm. Es verlangte zu sterben. Tempus mußte ihm den Wunsch erfüllen, aber der Staub in den Augen schmerzte so sehr, daß sie stark tränten.

Die Beine des Schimmels zuckten immer noch leicht, als der Höllenhund hinter sich etwas hörte. Er drehte sich auf dem unverletzten Bein und starrte auf Nachtschatten. Dieser befrcite die toten Falkenmasken von ihren Waffen und Wertsachen.

Er bemerkte es nicht, als Tempus davonhinkte. Zumindest ließ er es sich nicht anmerken. Wie auch immer, es gab nichts mehr zu sagen.

## 5

Als Tempus den Waffenladen erreichte, schmerzte sein Bein nicht mehr. Es war taub. Es würde ohne Folgeschäden heilen, wie alle Wunden bei ihm heilten. Tempus haßte es.

Zur Tür des Waffenladens schritt er, während das Morgenrot sein blutiges Licht über Freistatt warf.

Mit dem gesunden Fuß stieß er die Tür weit auf. Wie sehr er übernatürliche Kämpfe verabscheute, genau wie sich selbst, wenn er seine unnatürlichen Fähigkeiten benutzen mußte.

»Hör mich an, Vashanka! Mir reicht es! Laß diese Bude von hier verschwinden!«

Er erhielt keine Antwort. Im Innern war es finster wie in der Grube des Nichtswissens, die den Tag und die Nacht hervorbrachte und das endlose Streben.

Keine Waffen sah er, keinen Ladentisch, keinen Verkäufer, keine Regale voll Ware, die erwartungsvoll pulsierte und summte. Kein Wunder, er besaß seine ja bereits. Nur eine Waffe pro Kunde war die Regel; ein Körper, ein Geist, ein Leben.

Durch Nebel kam er mit Flecken wie das Fell des Apfelschimmels; durch einen langen Korridor mit Licht an seinem Ende: rosa wie Neubeginn, rosa wie sein Eisenschwert, wenn Vashanka es durch seine, Tempus', Hand hob. Er scheute sich vor dem Gedanken an seine Zweiheit; kein Mensch betrachtete gern den Fluch, den er sich selbst gewählt hat. Er war, was er war, das Gefäß seines Gottes. Aber er hatte seinen eigenen Körper, und dieser Körper schmerzte; und er hatte seinen eigenen Geist, und dieser Geist war klamm und finster wie die Nacht und der Tod, den er austeilte.

»Wo bist du, Vashanka, o Herr des Gemetzels?«

*»Hier!«* antwortete die Stimme in seinem Kopf. Aber Tempus hatte nicht vor, auf irgendeine innere Stimme zu hören. Er wollte den, dem die Stimme gehörte, sehen.

»Materialisiere dich, du Bastard!«

*»Das habe ich bereits; ein Körper, ein Geist, ein Leben – in jeder Sphäre.«*

»Ich bin nicht du!« knirschte er durch die Zähne und zwang seinen Willen, festen Boden unter den einsinkenden Füßen zu spüren.

*»Nein, das bist du nicht. Aber ich bin manchmal du«*, sagte die in ein Leuchten gehüllte Gestalt, die über Wolken mit goldenen Umrissen auf ihn zukam. Va-

shanka: so riesig, mit Haar von der Farbe des Scharfgarbenhonigs, und hoher, ungezeichneter Stirn.

»O nein ...«

*»Du wolltest mich sehen. Sieh mich an, Diener!«*

»Nicht so nah, Räuber. Nicht soviel Ähnlichkeit. Quäle mich nicht, mein Gott! Laß mich dir die Schuld geben – aber nicht du *sein!«*

*»So viele Jahre, und immer noch willst du dich selbst täuschen?«*

»Unbedingt. Genau wie du es tust, wenn du dir einbildest, auf diese Weise zu Huldigern zu kommen. O Berserkergott, du darfst ihre Zauberer nicht vor ihren Augen rösten, sie sind alle von Zauberei abhängig. Du darfst sie nicht so erschrecken und dann erwarten, daß sie zu dir kommen. Mit Waffen gewinnst du ihre Gunst nicht, sie sind keine Krieger. Sie sind Diebe und Piraten und Dirnen. Du bist zu weit gegangen und dennoch nicht weit genug.«

*»Wenn du schon von Dirnen sprichst, hast du deine Schwester gesehen? Schau mich an!«*

Tempus mußte ihm gehorchen. Er blickte die Vashanka- Erscheinung an und erinnerte sich, daß er keine Frau zärtlich umarmen, daß er nur kämpfen konnte. Er sah seine Schlachten in endlosen Reihen. Er sah die Gefährtin des Sturmgotts – die eigene Schwester, der dieser immer und immer wieder Gewalt antat –, wie sie von Seelenqual geschüttelt auf ihrem Bett lag, weil ihr leiblicher Bruder sie so mißbrauchte. Vashanka lachte.

Tempus knurrte lautlos durch starre Lippen.

*»Du hättest uns sie haben lassen sollen.«*

»Nie!« brüllte Tempus. »O Gott, gib es auf! Du machst dich nicht beliebt bei diesen Sterblichen, und mich auch nicht. Das war ein unüberlegtes Unternehmen! Kehr in deinen Himmel zurück und warte ab. Ich kann deinen Tempel ohne deine wahnsinnige

Hilfe besser bauen. Du hast jeglichen Sinn für Proportionen verloren! Die Freistätter beten keinen an, der ihre Stadt zum Schlachtfeld macht.«

*»Tempus, sei nicht zornig auf mich. Ich habe auch meine Probleme, wie du weißt. Hin und wieder muß ich Ablenkung haben«*, wimmerte der Gott. *»Und du hast schon lange keine Kriege mehr geführt, so entsetzlich lange. Ich langweile mich so und bin einsam.«*

»Und du hast den Tod meines Pferdes verursacht!« brüllte Tempus. Er löste sich aus Vashankas Bann mit größerer Willenskraft, als er je aufgebracht hatte. Er drehte sich um und nahm den Weg, den er gekommen war, in entgegengesetzter Richtung. Der Gott rief ihm nach, doch Tempus blickte nicht zurück. Er setzte die Füße in die Abdrücke, die sie auf dem Weg hierher in den Wolken zurückgelassen hatten, und je weiter er sich schleppte, desto fester wurden diese Wolken.

Allmählich nahm die Kraft der Dunkelheit ab, und er gelangte in einen sanften Sonnenaufgang, in ein weiches Morgenrot, das fast dem von Freistatt glich. Er ging weiter, bis der Gestank von verwesendem Fisch und die schlechte Luft von Abwind seine Nase quälte, und noch weiter stiefelte er, bis eine Ranke ihn zum Stolpern brachte und er auf einem feuchten, unbebauten Grundstück auf die Knie fiel.

Er hörte ein grausames Lachen, und während er hochblickte, dachte er, daß er es gar nicht wirklich zurückgeschafft hatte – daß Vashanka ihn noch weiter bestrafte.

Aber zu seiner Rechten war das Wilde Einhorn und zur Linken das Wohnhaus. Und vor ihm stand ein Palasteunuche, den Kittycat nach ihm ausgeschickt hatte, damit er ihn zu ihm bringe, weil er sich mit ihm besprechen wollte, was wegen des Waffenladens getan werden könnte.

Mühsam kam Tempus auf die Füße. »Sag Kadakithis, daß ich schon noch zu ihm kommen werde. Aber wie du siehst …« Er deutete um sich, wo nichts von einem Bauwerk zu sehen war, ja nicht einmal Spuren, daß eines hier gestanden hatte – von einigen Überresten des ehemaligen Heqt-Tempels natürlich abgesehen. »… gibt es keinen Waffenladen mehr. Infolgedessen auch keine Probleme mit ihm und keine Dringlichkeit. Wohl aber ist hier ein sehr gereizter Höllenhund, der in Ruhe gelassen werden möchte.«

Der blauschwarze Eunuch entblößte makellose, glänzende Zähne. »Ja, ja, Herr«, beruhigte er den Mann mit dem honigfarbenen Haar. »Das sehe ich.«

Tempus ignorierte die hilfsbereit ausgestreckte Hand des Eunuchen und auch sein spöttisches Grinsen über den Höllenhund, der sich vergebens bemühte, den Schmerz zu unterdrücken, als er über das unkrautüberwucherte Grundstück humpelte. Verfluchter Winder!

Als der rundliche Eunuch davoneilte, überlegte Tempus, daß das Wilde Einhorn nicht schlechter als jeder andere Ort wäre, um sich hinzusetzen, Krrf zu schnupfen und auf die Heilung seines Beines zu warten. In einer Stunde mußte es wieder ganz in Ordnung sein – außer Vashanka war wütender auf ihn, als er annahm. Dann allerdings könnte es zwei Tage dauern, bis sein Bein ganz ausgeheilt war.

Diesen unerfreulichen Gedanken verdrängend, hing er anderen nach, nur waren sie auch nicht angenehmer. Er wußte nicht, wo er wieder ein Pferd wie das verlorene herbekommen sollte, genauso wenig, wie er sich an den genauen Augenblick erinnern konnte, an dem die letzten Nebelstreifen von Vashankas Waffenladen sich im Morgendunst verloren hatten.

Hanse
Nacht-
schatten

# Schattenpfand

## Andrew Offutt

Sie war mehr als anziehend, und sie schritt hocherhobenen Kopfes einher, sich der Reize ihrer Weiblichkeit vollkommen bewußt. Das Armband um ihr Handgelenk blitzte und schien in dem Feuer zu glühen, das die Götter nur poliertem, neuem Gold verleihen. Zwischen den hellen Lichtern um einen sprudelnden Springbrunnen hätte sie wandeln sollen, einem Brunnen, dessen Wasser die Lichter in Millionen glitzernde Brillanten verwandelten.

Aber hier am Fischmarkt gab es keinen Springbrunnen, und die paar Lichter waren gedämpft. Die Frau gehörte nicht hierher, und es war dumm von ihr, zu dieser späten Stunde ohne Begleitung hier zu sein. Sie war dumm. Dummheit hat Folgen, sie macht sich nicht bezahlt.

Der lauernde Dieb jedoch wußte die Dummheit anderer zu schätzen. Für ihn machte sie sich bezahlt. Er lebte von seiner eigenen Schlauheit und der Dummheit anderer. Er war gerade dabei, sich an die Arbeit zu machen. Selbst bei einem tief heruntergehandelten Preis, wie er es von seinem Hehler gewöhnt war, würde die kunstvolle Goldschmiedearbeit – das Armband hatte die Form einer Schlange – ihm genug einbringen. Genug, um – nun, etwa einen Monat lang – leben zu können, ohne wie jetzt gezwungen zu sein, endlos auf der Lauer zu liegen.

Obgleich sie die Art Frau war, nach der die Männer sich zweimal umdrehen, war der Dieb nicht an ihr persönlich interessiert. Er sah in ihr kaum die Frau.

Der wartende Dieb war kein Lüstling. Er verstand sich als Geschäftsmann. Er tötete nicht gern, und er sah sich auch selten dazu gezwungen. Sie kam an dem Türbogen vorüber, in dessen Schatten er lauerte, an der Nordseite der Straße.

»... Nacht, Praxy, und noch mal danke für all das Bier«, rief er zum Schein, und trat auf den hölzernen Bürgersteig. Er befand sich zehn Schritte hinter seinem Opfer. Zwölf. »Nur gut, daß ich mein Pferd nicht dabei habe, ich wäre jetzt nicht imstande zu reiten.« Vierzehn Schritte.

Lachend folgte er ihr, seiner Beute.

Sie erreichte die Ecke der leeren Straße und bog nordwärts in die Straße der Gerüche ab. Sie war dumm! Sie war das schöne Armband wirklich nicht wert! Wußte es ja nicht einmal richtig zu würdigen! Verstand nicht, darauf aufzupassen! In dem Augenblick als sie abbog, trat der Dieb vom Bürgersteig auf die ungepflasterte Straße, bückte sich, um die Schuhe auszuziehen, sie sogleich aufzuheben, und fing zu *rennen* an.

An der Kreuzung hielt er an, als wäre er gegen eine Wand gelaufen, und schlüpfte wieder in die Schuhe. Nickte scheinbar beschwipst dem Pärchen freundlich zu, das von der Straße der Gerüche kam – Lumpenpack mit Kleidung, die höchstens drei Kupferstücke wert war, und der vermeintlich zierende Tand vielleicht vier. Er stieg auf den Bürgersteig und bemerkte, daß die beiden kaum etwas anderes als sich selbst wahrnahmen. Wie schön. Soweit er sehen konnte, war die Straße der Gerüche leer – von seinem Opfer abgesehen.

»Uhh«, stöhnte er kläglich. »Lady«, rief er, nicht zu laut. »Meine Lady?« Er stammelte ein wenig, doch nicht übertrieben. Fünf Schritte vor ihm blieb sie stehen und blickte zurück. »Hi-hiilfe«, ächzte er und drückte die Rechte auf den Bauch.

Sie war wahrhaftig zu dumm, in dieser nächtlichen Stunde hier zu sein. Sie kam zurück! Voll Mitleid war sie. Seine Hand bewegte sich ein wenig nach links und brachte ein Messer mit schmaler Klinge zum Vorschein, während seine Linke ihr rechtes Handgelenk umklammerte, das ohne Armband. Die Messerspitze drückte ganz leicht auf den Knoten ihrer teuren himmelblauen Schärpe.

»Schreit nicht. Das hier ist ein Wurfmesser. Ich kann sehr gut damit werfen, aber ich ziehe es vor, nicht zu töten. Außer ich sehe mich dazu gezwungen. Versteht Ihr? Ich möchte nur Eure hübsche kleine Schlange.«

»Oh.« Ihre Augen wurden groß, und sie zog den Bauch ein, fort von dem stumpfen Silberglanz der mehrere Zoll langen Klinge. »Es – es ist ein Geschenk ...«

»Auch ich werde es als Geschenk ansehen. Oh, Ihr seid klug, sehr klug, daß Ihr nicht zu schreien versucht. Ich hasse es, schönen Frauen den Bauch aufzuschlitzen. Es ist garstig und könnte diesen Stadtteil in Verruf bringen. Ich werfe auch nicht gern jemandem ein Messer in den Rücken. Glaubt Ihr mir?«

»Ja.« Ihre Stimme zitterte.

»Gut.« Er gab sie frei, hielt aber seine andere Hand weiterhin offen ausgestreckt. »Dann bitte das Armband. Ich bin kein Grobian, der einer so hübschen Lady ein so hübsches Kleinod vom Arm reißen würde.«

Wie gebannt starrte sie ihn an und wich einen Schritt zurück. Er warf das Messer in die Luft und fing es mit der Spitze auf. Seine linke Hand blieb ausgestreckt. Mit der Rechten hob er das Messer wie zum Wurf. Hastig streifte sie das Armband ab. Noch wertvoller, als er vermutet hatte, stellte er habgierig und dankbar zugleich fest, als er sah, daß die Schlangenaugen kostbare Topase waren. Na gut, dafür sollte sie ihre teure Schärpe behalten dürfen.

Sie ließ das Armband nicht auf seine Hand fallen, sondern legte es behutsam hinein. Hartes, kaltes Gold, wundervoll schwer. Nur ganz leicht innen angewärmt von dem kupferbraunen Handgelenk. Hübsch, wirklich hübsch! Sie blinzelte furchterfüllt, als er das Messer hochwarf, um es an seiner Lederschleife aufzufangen. Es hatte keinen Griff, damit das Ende hinter der beschwerten Klinge leicht blieb.

»Seht Ihr?« Er zeigte seine blitzenden Zähne. »Ich bin nicht an Eurem Blut interessiert, versteht Ihr? Nur an diesem hübschen Kleinod.«

Das Armband blieb kalt in seiner Hand. Instinktiv riß er sie zurück, als es sich bewegte. So flink er auch war, er war nicht schnell genug. Das Armband war plötzlich zur lebenden Natter geworden, die ihre Zähne in den fleischigen Ballen stieß.

Das Lächeln des Diebes schwand mit seinem Schmerzensschrei. Aber er sah das Lächeln der schönen Frau. Trotz des Entsetzens in ihm hob er das Wurfmesser, um das heimtückische Luder, das ihn so hereingelegt hatte, zu erstechen.

Das heißt, er versuchte das Messer zu heben, versuchte die Schlange abzuschütteln, die sich in seinen Ballen verbissen hatte. Es gelang ihm nicht. Das Gift der unnatürlichen Schlange ließ jeden Knochen, jede Sehne, alles Gewebe in ihm zu Stein werden, und starr fiel Gath, der Dieb, tot auf den Boden.

Sein ursprüngliches Opfer bückte sich, immer noch lächelnd, um sich sein Eigentum zurückzuholen. Die Frau zitterte vor Erregung. Sie zwängte die Hand durch das Armband und schob es zum Handgelenk hinauf. Die Augen der Schlange, kalter harter Stein, funkelten. Ein Zittern der Aufregung durchfuhr die Frau. Ihre Augen glänzten.

»Oh«, murmelte sie begeistert. »Jedes einzelne Silberstück ist dieses wundervolle Kleinod wert, das ich in dem wundervollen Laden bekam. Trotzdem bin ich froh, daß es ihn nicht mehr gibt, denn so sind jene, die diese göttlichen Waffen kauften, etwas *Besonderes!«* Immer noch zitterte sie erregt, und ihr Herz pochte heftig bei der Erinnerung an die Gefahr und das Töten, das sie hatte miterleben dürfen, und sie streichelte das Armband, als wäre es ein Liebhaber.

Stolz und vor Erregung fast glühend, ging sie hocherhobenen Hauptes nach Hause. Aber sie war gar nicht glücklich darüber, daß ihr Gatte sie ihres späten Heimkommens wegen schalt und heftig ihr linkes Handgelenk packte. Seine Augen weiteten sich, er erstarrte und fiel tot zu Boden. Nein, sie war gar nicht glücklich darüber. Sie hatte beabsichtigt, nur Fremde zu töten, solche, die es auch verdienten.

Irgendwo lächelte jetzt ganz gewiß der Gott Vashanka.

»Die götterverdammte Stadt hat ganz schön was abgekriegt, und jetzt geht es zu wie in einem aufgestocherten Ameisenhaufen! Ich bin überzeugt, daß Ihr mehr als nur ein bißchen damit zu tun habt«, sagte der schwarzgelockte junge Mann. (Oder war er noch ein Junge? Straßenerfahren und zäh war er, mit verschleiertem Blick, und er trug mehr Messer als eine Kurtisane Edelsteine. Sein Haar war schwarz, schwärzer als schwarz, und die Augen kaum heller über einer Nase, die einem Raubvogel hätte gehören können.)

»Wahrhaftig, götterverdammte Stadt«, bestätigte der bleichere, geradezu erschreckend große Mann, der älter war, aber keineswegs alt wirkte. Es fehlte nicht viel und er hätte gelächelt. »Du weißt ja nicht, wie nahe du der Wahrheit kommst, Nachtschatten.«

Im Halbdunkel um sie waren die anderen Gäste kaum zu hören und sie zu belauschen war schon gar nicht möglich. Der Trick war, in dem Stimmengewirr zu sprechen, daß nur die, für die die Worte bestimmt waren, sie verstehen konnten. Dafür, daß es eine schlechte Schenke, mit schlechtem Ruf in einem schlechten Stadtviertel eines Nichts von Stadt war, war das Wilde Einhorn ein erstaunlich ruhiger Ort.

»Nennt mich Hanse und hört auf, rätselhaft und väterlich zu tun«, sagte der dunkelhaarige junge Mann. »Ich bin nicht auf der Suche nach einem Vater. Ich hatte einen – sagte man mir. Und ich hatte Klauer Eidschwörer. Klauer lehrte mich alles, was ich – alles, was er wußte.«

Der Ältere verstand sehr gut. Mit »väterlich« hatte Hanse »herablassend« gemeint, und da er sich für hart uhd unabhängig hielt, vertrug der Kampfhahn keine wohlmeinende Freundlichkeit. Der Größere lächelte nicht. Wie sollte er dem Jungen sagen, wie viele seiner Art er in seinem langen Leben gekannt hatte?

»Hört zu. Noch gar nicht so lange her, tötete ich in einer Nacht zwei Männer.« Hanse brauchte seine Stimme nicht zu senken, sie war ohnehin kaum mehr als ein Hauchen.

»Keine Männer, Hanse. Falkenmasken. Jubals Schurken, die den Namen Männer wirklich nicht verdienen.«

»Trotzdem Männer, Tempus. Es sind alles Männer, genau wie Hanse und sogar Kadaki … – der Prinz-Statthalter.«

»Kittycat.«

»Ich nenne ihn nicht so«, widersprach Hanse ernst.

»Bei Euch bin ich mir nicht sicher, Tempus. Seid Ihr ein Mann – ein Mensch?«

»Sowohl als auch«, versicherte Tempus ihm mit einem Seufzer, der die Last von Jahrzehnten und aber Jahrzehnten auszudrücken schien. »Heute abend bat ich dich, mich Thales zu nennen. Du hast zwei Menschen getötet, nachdem du auf mich gewartet hattest, um mich zu warnen. Wolltest du das überhaupt? Oder bist du bloß um mein Pferd herumgestrichen, in der Hoffnung, an etwas Krrf heranzukommen?«

»Ich nehme kein Rauschgift und trinke in Maßen.«

»Das habe ich nicht gefragt.« Tempus machte sich nicht die Mühe ihm zu widersprechen.

Es beeindruckte Tempus, als die schwarzen Augen ihn fest ansahen. »Deshalb war ich dort, T – Thales. Warum ›Thales‹?«

»Da die Götter zur Zeit offenbar allgegenwärtig sind, warum nicht ›Thales‹? Danke, Hanse, ich weiß deine Ehrlichkeit zu schätzen. Wir können ...«

»Ehrlichkeit?« Ein früher wohlgebauter Mann, dem das Fett jetzt über und unter dem Gürtel hervorquoll, kam gerade an ihrem kleinen runden Tisch vorbei. »Habe ich wahrhaftig etwas von Hanses Ehrlichkeit gehört? Von Hanses?« Sein Lachen war spontan aber auch übertrieben.

Der schlanke junge Mann, genannt Nachtschatten, bewegte nur den Kopf. »Wie würde dir ein Loch in deinem feisten Bauch gefallen, durch das du all deine Bosheit ablassen könntest, Abohorr?«

»Wie würde dir ein drittes Auge gefallen, Abohorr?« fragte Hanses Tischgenosse.

Abohorr zog sich brummelnd und eilig zurück. Hanses schmale, flinke Hände blieben unbewegt auf der Tischplatte. »Ihr kennt ihn, Thales?«

»Nein.«

»Ihr hörtet mich seinen Namen nennen und spracht ihn mir nach.«

»Ja.«

»Ihr seid schlau, Thales. Zu schlau.« Hanse schlug mit einer Hand auf die Tischplatte. »Ich habe in letzter Zeit zu viele schlaue Leute getroffen. Schlau und verschlagen wie ...«

»Wie Füchse«, beendete Tempus die Klage des selbst sehr, sehr verschlagenen jungen Mannes. »Du sagtest, daß du vor dem Haus, das kein Zuhause ist, auf mich gewartet hast, Hanse, weil du wußtest, was ich bei mir trug. Und dann griffen Jubals Falkenmasken *mich* an, und du hast zwei getötet.«

»Ja, das sagte ich.« Hanse studierte scheinbar interessiert seinen orange-braunen Steingutkrug. »Wie viele Männer habt Ihr getötet, Thales?«

»Ihr *Götter!* Frag mich lieber nicht.«

»Viele?«

»Viele, ja.«

»Und Ihr habt nicht eine Narbe davongetragen.«

Tempus verzog das Gesicht. »Nicht eine Narbe«, bestätigte er und betrachtete nun seinerseits angespannt seine kräftigen Hände auf dem Tisch. Sie waren sonnengebräunt und doch heller als die von Nachtschatten. Ein plötzlicher Gedanke ließ ihn aufblicken, und sein Gesicht verriet eine Mischung von plötzlicher Erkenntnis und Unglauben. »Hanse? Du hast mir in jener Nacht das Leben gerettet, und ich dir deines – aber sie waren ursprünglich nur hinter mir her. Hanse, wie viele Menschen hast du schon getötet?«

Hanse wandte den Blick ab. Das Haar schwarz wie Rabengefieder, die Nase wie die eines jungen Adlers. Das Profil wie von einer rasiermesserscharfen Axt gehauen, nur Flächen und Kanten. Zwei Onyxe als Augen, genauso hart. Daß er wegschaute, paßte nicht zu ihm, das wußte Tempus. Tempus war viel im Palast und hatte Zugang zu Geheimakten. Er hatte auch einen Bericht gelesen, von dem nicht einmal der Prinz-Statthalter etwas wußte, und den er auch nie zu Gesicht bekommen würde, weil er inzwischen vernichtet war. Und dann hatte Tempus zuvor schon mit diesem Bürschchen zu tun gehabt, das aus dem Abwind und den Schatten hervorgegangen war. Nun war er hier in dieser schwachbeleuchteten Schenke, in der sich der menschliche Abschaum traf, um sich näher mit ihm zu befassen.

Hanse blickte ihn immer noch nicht an, als er sagte: »Ihr dürft es aber niemandem verraten.«

Tempus wußte genau, was er sagen mußte: »Beleidige mich nicht noch einmal.«

Hanses Nicken war so scharf wie seine Messer. (Waren es fünf oder trug er wahrhaftig ein sechstes an seinem Schenkel? Tempus bezweifelte es. Das Halteband würde ständig rutschen.)

Endlich antwortete Hanse: »Zwei.«

Zwei Männer. Tempus nickte seufzend und rückte mit dem Gesäß so weit zurück, daß der Oberkörper fast auf dem Tisch zu liegen kam – eine Haltung, die bei Soldaten in Schenken nicht unüblich war. Verdammt! Wer hätte das gedacht? Der *Ruf* dieses finsteren, angsteinflößenden (anderen, nicht dem Mann, der sich gegenwärtig Tempus nannte) jungen Mannes aus der Gosse, aus der er sich zweifellos längst erhaben glaubte, ließ etwas ganz anderes vermuten. Tempus wußte, daß Hanse den einen oder anderen verwundet hatte und hatte sich danach seine Meinung gebildet. Und nun sagte Nachtschatten, daß er nie zuvor getötet hatte! Von einem wie ihm war das ein mutiges Geständnis. *Wegen mir hat er sich die Hände blutig gemacht!* dachte Tempus. Nun, er ist nicht der erste. Auch für mich gab es einst meine ersten zwei. Wer sie wohl gewesen waren? Und wo es passiert war? (Aber er wußte es, er wußte es! So etwas vergaß man nicht. Tempus war älter, als jeder annahm, aber er war nicht so alt, wie er sich in seiner Weltmüdigkeit fühlte oder zu fühlen glaubte.) Gern hätte er jetzt die Hand ausgestreckt und sie dem so viel jüngeren Mann auf die Schulter gelegt. Aber er tat es nicht.

Statt dessen fragte er: »Hat es dir zu schaffen gemacht?«

Hanse blickte ihn immer noch nicht an. Wie konnte ein Kind der Wüste mit so unglaublich langen Wimpern und diesem sinnlichen, fast hübschen Mund nur so grimmig und bitter dreinschauen? »Ich mußte mich übergeben.«

»Das beweist, daß du ein Mensch bist. Damit hast du mir gesagt, was du getan hast, nicht aber, was du empfindest.«

Hanse blickte ihn jetzt an. Nach einer Weile zuckte er die Schulter.

Tempus seufzte und nickte. Er leerte seinen Becher, hob einen Arm und blickte in die Richtung des Schanktisches. Der neue Nachtschenk nickte. Tempus senkte den Arm und blickte Hanse an. »Ich verstehe«, sagte er.

»Wirklich? Vor einiger Zeit sagte ich zu dem Prinzen, daß es eine Sache für Prinzen ist, zu töten, nicht für Diebe. Und nun habe ich getötet!«

»Was für große Worte zu einem kleinen Prinzen! Ich wollte, du wärst im Augenblick nicht so ernst, dann könnte ich laut lachen. Erwarte keinen Trost von mir, mein Freund. Es ist passiert. Ich habe dich nicht um Hilfe gebeten – auch nicht darum, auf mich zu warten. Das wirst du nie wieder tun.«

»Auf die gleiche Weise bestimmt nicht.« Hanse lehnte sich zurück, während Wie-immer-er-auchhieß (sie nannten ihn hier »Zweidaumen«) zwei volle Becher vor ihnen abstellte. Er nahm die beiden anderen nicht mit und wartete auch nicht auf Bezahlung. »Ich glaube, es begann, als Bourne – starb und Ihr zur Diebeswelt kamt.«

»Diebeswelt?«

Wieder dieses fast verlegene Schulterzucken. »So nennen wir Freistatt. Einige von uns. Nun, es hat die Stadt ganz schön mitgenommen, es geht dort drunter und drüber, und ich glaube, daß Ihr damit zu tun habt.«

»Ich glaube, das hast du schon gesagt.«

»Ihr habt mich abgelenkt, ›Thales‹. Dieser Tempel oder Laden oder was immer es war, er – brach zusammen? Oder ging in die Luft? Irgendwas, jedenfalls. Und dann der Prinz ...«

»Du hast wirklich Achtung vor ihm, nicht wahr?«

»Aber ich arbeite nicht für ihn«, entgegnete Hanse. »Er läßt die – die Gottwaffen beschlagnahmen, die dort verkauft wurden. Die Höllenhunde geben den Leuten zwar Geld dafür, aber wehe, wenn sie sie nicht abliefern wollen! Neuer Reichtum in der Stadt, weil einige gestohlen worden waren und jetzt den Dieben abgekauft werden. Man lacht über den neuen Wechsler: den Palast!«

Tempus wußte, mit Wechsler meinte man Hehler in dieser – *Stadt?* O mein Gott Vashanka – dies? Eine Stadt?!

»Zwei Schiffe liegen im Hafen vor Anker«, fuhr Hanse fort, »bewacht wie noch nie ein Schiff zuvor. Ich weiß, daß diese *Dinge,* diese Waffen schwärzester Zauberei, verladen werden. Und dann? Hinaus aufs Meer und an der tiefsten Stelle versenkt?«

»Dort sind sie am sichersten aufgehoben«, sagte Tempus und drehte seinen Steingutbecher in den Händen. Der neue hatte ein grellgelbes Wellenmus ster. »Glaub mir, es steckt zuviel Macht in diesen Geräten.«

»Inzwischen versuchen einige ›Vollstrecker‹ der Zauberergilde, an das Zeug heranzukommen.«

Auch das wußte Tempus. Drei dieser Schurken waren in den vergangenen zwanzig Stunden unschädlich gemacht worden. Vielleicht waren von den Stadtwächtern oder den Sonderwachen, die man Höllenhunde nannte, inzwischen noch weitere getötet worden. »Gilden versuchen ihre Angehörigen zu schützen, ohne Rücksicht auf die Umstände. Eine Gilde ist ein Tier, das unfähig ist selbständig zu denken.«

»Ihr habt mich gut – *anständig* dafür bezahlt, daß ich Euch die Brillantnadeln geholt habe, die jene Frau im Haar trug. Jetzt hat sie sie zurück. Ihr habt sie ihr zurückgegeben.«

*Cime!* Cimes Brillantnadeln in der seidigen Fülle ihres Haars. »Ja? Habe ich das?«

»Allerdings. Und allerlei Seltsames tut sich in Freistatt. Das waren Zauberwaffen gewesen, die jene Falkenmasken gegen Euch und mich benutzten. Ein kleiner Dieb wollte einer Frau des Nachts ihr Armband stehlen, unten in der ... vergessen wir die Straße. Sie hatte dort jedenfalls nichts verloren. Das Armband wurde zur Schlange und tötete ihn. Seine Leiche wiegt doppelt soviel wie er zuvor.«

»Der Biß versteinerte ihn. Das Armband wurde heute beschlagnahmt. Und wann tat sich nichts Seltsames in Freistatt, mein Freund?«

»Jetzt nennt Ihr mich schon zum zweitenmal so.« Hanses Stimme klang anklagend.

»Das habe ich wohl. Dann meine ich es bestimmt ernst.«

Hanse schien sich sichtlich unwohl zu fühlen. »Ich bin Hanse. Ich war – Geselle von Klauer Eidschwörer. Prinz Kittycat ließ ihn hängen. Ich bin Nachtschatten. Ich bin in den Palast eingebrochen, und meinetwegen ist ein Höllenhund tot. Ich habe keine Freunde.«

Und du verrätst dich und nennst ihn Kittycat, wenn du an deinen hingerichteten Mentor denkst! dachte Tempus. Du suchst keinen Vater, eh? Weißt du nicht, daß jeder einen Vater braucht? Daß ich meinen in Vashanka gefunden habe? Oh, Hanse, so sehr möchtest du geheimnisvoll und über alles erhaben sein – dabei bist du so durchschaubar wie eine Schüssel Regenwasser!

Laut sagte Tempus: »Spar' dir all das. Du brauchst nur zu sagen, daß du mich nicht als Freund willst, daß ich dich nicht Freund nennen soll.«

Ein drückendes Schweigen breitete sich aus, und Hilflosigkeit sprach aus Hanses Augen. Bis ihm bewußt wurde, daß er das Schweigen brechen mußte, war es zu spät. Dasselbe Schweigen war Tempus' Antwort.

Mit voller Absicht das Thema wechselnd, sagte Tempus: »Was der alte wie-heißt-er-doch – Fackelhalter? – daherplappert, stimmt. Vashanka kam und beansprucht Freistatt für sich. In Brandzeichen ist sein Name in den Palastmauern verewigt. Der Ils-Tempel liegt in Schutt und Asche. Vashanka erschuf den Waffenladen aus nichts und ...«

»Ein Krämergott?«

»Mir gefiel seine Taktik auch nicht«, brummte Tempus und hoffte, Vashanka hörte ihn jetzt und sah den Hohn in dem Gesicht des Jungen. »Und der Waffenladen vernichtete den Magier, den der Statthalter hatte kommen lassen, damit er dagegen kämpfe. Vashanka duldet kein Aufbegehren!«

Hanse schaute sich schnell um. »Sagt so etwas

noch einmal offen in Freistatt, *mein Freund*, und Ihr seid bald einen Kopf kürzer.«

Der Blonde starrte ihn an. »Das glaubst du wirklich?«

Hanse ging nicht darauf ein, er verlor sich im Fluß der Gespräche in der Schenke – ein Fluß, so ruhelos wie ein Einbrecher vor einem Fenster, und die Unterhaltung genauso verstohlen und finster. Er befreite sich wieder daraus. Ganz ruhig erkundigte er sich:

»Wie viele dieser verfluchten Dinger, glaubt Ihr, wurden noch nicht eingezogen?«

»Jedenfalls zu viele. Zwei oder vier? Du weißt, daß es unsere Aufgabe ist, sie einzusammeln.«

»Unsere?«

»Die der Höllenhunde.«

»Wer ist dein bärtiger Freund, Hanse?«

Ein junger Mann, nur ein bißchen älter als Hanse, und genauso selbstgefällig. Aber die wenigen Jahre, die er ihm voraus hatte, hatten ihn nicht reifer oder klüger gemacht. Das Format Hanses würde er nie erreichen. Ganz wohl war ihm offensichtlich in seiner hautengen schwarzen Kleidung nicht. Welch ein Dieb! Etwa so unauffällig wie ein Bienenschwarm!

Hanse starrte Tempus an, Tempus mit der rosigbronzenen Haut, dem honiggoldenen Haar, der hochgewachsenen Gestalt, den langen Beinen, und dem Gesicht so glatt wie Wildleder. Hanse nahm den Blick nicht von dem Höllenhund, während seine ausgestreckte dunkle Hand sich um das Handgelenk (mit schwarzem Armschutz) des anderen jungen Mannes legte.

»Welche Farbe hat sein Bart denn, Athavul?«

Athavul versuchte sich aus Hanses Griff zu befreien – vergebens. Sein Hochmut und seine Maske der Selbstsicherheit verließen ihn schneller, als Straßenmädchen einen Freier, der sich als arm herausstellt. Tempus kannte Athavuls Lachen. Es war gezwungen und verlegen. Tausendmal und öfter hatte es Tempus schon gehört. Wo war der Unterschied? Während er an Vergänglichkeit dachte, versuchte dieser Junge Zeit zu schinden.

»Wirst du blind, Nachtschatten? Oder glaubst du, ich bin es, und stellst mich auf die Probe?« Mit rauhem Lachen und einem Schlag auf seine Brust sagte Athavul: »So schwarz wie das. So schwarz wie dies!« Nunmehr klatschte er auf seine schwarze lederne Hose – etwas verlegen.

Tempus lehnte sich ein wenig vor, die Ellbogen auf den kleinen Tisch gestützt, die breiten Kämpferschultern leicht nach vorn gebeugt und blickte Hanse an. Geradewegs in die Augen. Sein Gesicht wirkte offen, weil er es so wollte. Bartlos.

»Genau wie sein Haar?« fragte Hanse, und seine Stimme klang so spröde wie sehr altes Zaumzeugleder. Seine Augen glitzerten.

Athavul schluckte. »Haar ...« Erneut schluckte er. Er blickte von Hanse zu Tempus und wieder zu Hanse. »Ah – er ist dein, ah, Freund, Hanse. Gib Frieden, ja? Zieh du ihn auf wegen seines – Kopfes, wenn dir danach ist, ich tu es nicht. Tut mir leid, daß ich stehengeblieben bin, um ein paar freundschaftliche Worte mit dir zu wechseln.«

Ohne den Blick von Hanse zu nehmen, sagte Tempus: »Ist schon gut, Athavul. Ich heiße Thales und bin nicht so leicht gekränkt. Die Glatze habe ich schon seit Jahren.«

Hanse starrte Tempus an, den blonden Tempus. Er öffnete die Hand. So heftig riß Athavul seinen Arm zurück, daß er sich auf den (fast nicht vorhandenen) Bauch schlug. Er versuchte gar nicht mehr, gute Miene zu machen, sondern zog sich mit einem finsteren Blick auf Hanse und ohne ein weiteres Wort eilig zurück.

»Gut gemacht.« Tempus entblößte die Zähne zu einem Grinsen.

»Macht Euch nicht lustig über mich, Fremder. Wie seht Ihr wirklich aus?«

»Genau so, wie du mich siehst, Hanse. Genau so.«

»Und – was hat er gesehen?« Hanses Stimme war so angespannt, wie er sich fühlte. »Wen sieht man hier mit Hanse sprechen?«

»Er hat es dir gesagt.«

»Schwarzer Bart, kahler Kopf.«

Der blonde, bartlose Tempus nickte.

Sie blickten sich unverwandt an. »Was noch?«

»Spielt es eine Rolle? Ich stehe im Dienst jener Person, die wir beide kennen. Ich bin, was ihr Freistätter Höllenhund nennt. Als solcher würde ich mich hier nicht sehen lassen, denn wenn ich es täte, bezweifle ich, daß jemand dabliebe. Ich war bereits hier, als du hereinkamst, erinnerst du dich? Ich wartete auf dich. Du warst zu erhaben, nach dem Offensichtlichen zu fragen.«

»Man nennt mich Nachtschatten«, sagte Hanse ruhig, bedächtig, leise. Er lehnte sich zurück, als könnte er dadurch den Abstand zwischen sich und dem riesenhaften Mann vergrößern. »Und Ihr seid ein verdammter Schatten!«

»Wie passend! Ich brauche deine Hilfe, Nachtschatten.«

»Scheiße«, fluchte Hanse unmißverständlich. Im Aufstehen fügte er hinzu: »Singt dafür! Tanzt auf der Straße dafür!« Er wandte sich zum Gehen, dann drehte er sich noch einmal um: »Ihr bezahlt natürlich, Glatzkopf!« Er verließ die Schenke.

Draußen schaute er sich auf der krummen Gasse, Schlangenweg genannt, um, ehe er nach rechts abbog und nordwärts ging. Automatisch stieg er über die Bruchstelle der Bürgersteigplanke. Er warf einen flüchtigen Blick in den etwas zurückgelegenen Hof, der zu dieser frühen Stunde noch keine Gefahr barg. »Örtchen« nannten die Bewohner des Labyrinths ihn, auch Ticks Speiplatz, und etwas weniger ernsthaft: »Zuflucht«. An den Schwalbenschwänzen seines Rockes erkannte Hanse den Mann, der mit dem Rücken zu ihm in diesem von drei Seiten umzäunten kleinen Hof stand und offenbar gerade dabei war, sich zu erleichtern. Es war Poker, der Cadite. Als er Hanse gewahrte, drehte der Mann mit dem melierten Bart sich um.

»Komm herein, Nachtschatten, auch wenn nicht mehr viel Platz ist.«

»Ich suche Athavul. Sagte, er habe was vor und ich könne mitmachen.« Lügen fiel Hanse leicht, er tat es fast instinktiv.

»Du stehst auf gutem Fuß mit ihm?« Poker strich seinen Rock glatt und wandte sich von der fleckigen, nassen Hintermauer ab.

»Natürlich.«

»Er ging südwärts und ist in die Glibbergasse eingebogen.«

»Danke, Poker. Im Einhorn sitzt ein großer, schwarzbärtiger Mann mit Glatzkopf. Laß dir von ihm einen Becher Wein spendieren. Sag ihm, ich hätte dich geschickt.«

»Ah. Ein Feind, Hanse?«

»Du hast es erraten.«

Hanse drehte sich um und ging ein paar weitere Schritte nordwärts, mit dem Rücken zur Glibbergasse (die zu dem 2-Block-L führte, an dessen Namen sich niemand erinnerte. Kaum eine Tür öffnete sich hier, und es blieb dunkel wie im Herzen eines Zauberers. Ständig roch es säuerlich, und man sprach von der Straße des Erbrechens). Wenn Poker behauptete, die Sonne schien, war es besser, die Kapuze über den

Kopf zu ziehen, um sich vor dem Regen zu schützen. Sagte er rechts, wandte man sich lieber nach links.

Hanse kürzte den Weg ab, indem er nach links durch Odd Birts Zuflucht ging und an der Ecke des Wohnhauses abbog, das Furtwan Beutelschneider gehörte, der mit Purpurschnecken handelte und sie teuer an die Färber verkaufte. Er selbst wohnte im Ostende und keineswegs in einer Mietwohnung. Jetzt verschwand Hanse in der Umarmung seines treuen Freundes und Zuhauses: des Schattens.

Er hörte ein pochendes Geräusch, als er am Einweg Park vorüberkam. Was zum ... Ein Blinder? Hanse lächelte und hielt den Mund geschlossen, um das Blitzen seiner Zähne zu vermeiden. Hier war der richtige Ort für Blinde. In drei Vierteln des Labyrinths konnten sie mehr »sehen«, als jeder mit gesunden Augen. Er schlich durch das kurze Gerbergäßchen und hörte die Geräusche aus Slys Schenke, und gleich darauf Athavuls Stimme im Freien.

»Verzeiht, teure Dame, aber wenn Ihr mir nicht gleich Eure Halskette und die Geldbörse aushändigt, werdet Ihr diesen Armbrustbolzen durch die Brust bekommen.«

Hanse schlich näher zu der dreifachen »Ecke«, wo das Gerbergäßchen Odd Birts Zuflucht kreuzte und auch die Nordsüdkrümmung des Schlangenwegs berührte. Jemand hatte einmal gesagt, daß ein verliebtes Schlangenpärchen den Straßenplan des Labyrinths entworfen hatte, als beide gerade im Krrf-Himmel schwebten.

»Du hast keine Armbrust, heimtückischer Halunke, aber schau mal, was *ich* habe!«

Der Schrei einer Stimme, die kaum als Athavuls erkennbar war, stellte Hanse die Nackenhärchen auf, und ein Schauder rann ihm über den Rücken. Sollte er bleiben und sich völlig ruhig verhalten? Oder sich umdrehen und davonlaufen, so schnell er nur konnte, was vernünftiger wäre? Oder seiner Neugier nachgeben und ein paar Schritte weitergehen, um um die Ecke von Slys Haus zu spähen? Die Neugier siegte.

Bis er um die Ecke schauen konnte, winselte und wimmerte Athavul. Jemand in langem Umhang von der Farbe gebrannten Tons, mit ins Gesicht gezogener Kapuze, stieg um ihn herum, und Hanse glaubte ein Kichern zu vernehmen. Vor der Gestalt zurückweichend, jämmerlich flehend und offensichtlich voll grauenvoller Furcht – wovor? –, warf Athavul sich auf die Knie. Der Umhang schleifte durch den Schmutz des Gerbergäßchens zur Straße der Gerüche. Hanse schluckte. Er hielt plötzlich ein Messer in der Hand, aber er warf es nicht. Er schlich ein paar Schritte weiter, um zu sehen, in welche Richtung die Gestalt abbog. Nach rechts. Hanse sah flüchtig den Spazierstock. Er war weiß. Doch so, wie die Person im Umhang sich bewegte, war sie nicht blind. Sie war auch keine große Frau.

Hanse steckte sein Messer wieder weg und huschte zu Athavul.

»Nein! Biiiiitte. Biiiiihhhte.« Der Mann kniete immer noch und rang flehend die Hände. Seine Augen waren weit aufgerissen und glasig vor Furcht. Schweiß und Tränen rannen in einem wahren Strom über seine Wangen, daß er bestimmt bald Salzflecken auf seinem schwarzen Wams haben würde. Er zitterte wie Espenlaub, und sein Gesicht war kalkweiß.

Hanse blieb stehen und starrte ihn an. »Was hast du denn, Ath? Ich tu dir doch nichts, du Ausreißer von einem Kuhfladenfeuer. *Athavul!* Was *hast* du denn?«

»O bitte, biiiitte, biiiihhhte, nein nein nein, o neiein, neiein ...«

Athavul ließ sich jetzt vornüber auf den Boden fallen, daß sein knochiges Gesäß in die Höhe ragte. Er zitterte nun noch stärker, als ein ausgepeitschter, verhungernder Hund.

Ein solches Tier hätte Hanses Mitleid erregt. Athavul aber fand er nur lächerlich. Am liebsten hätte er ihm einen Tritt versetzt. Er bemerkte, daß ein paar Leute aus dem Loch schauten, das immer noch Slys Schenke genannt wurde, obwohl Sly bereits vor zwei Jahren an Wassersucht gestorben war.

»Ath? Hat sie dir etwas getan? He! Du kleines Stück Kamelkot – was hat sie dir *getan?*«

Bei dem wütenden Ton von Hanses Stimme schluchzte Athavul laut auf und rollte weinend gegen die Wand. Er ließ Flecken von Tränen, Speichel und eine bräunliche Lache zurück, weil sein Schließmuskel nicht mehr funktioniert hatte.

Hanse schluckte. *Zauberei!* Dieser verdammte Enos Y ... Nein, das war nicht seine Handschrift. Ath wurde von unbeschreiblicher Furcht geschüttelt. Hanse hatte ihn immer schon für einen Schlappschwanz mit Spatzenhirn gehalten. Aber *das* – nicht einmal dieser geckenhafte Esel könnte von so grauenvoller Furcht besessen sein, wenn nicht irgend etwas Übersinnliches dahintersteckte. Allein sein Anblick jagte einem schon Angst ein. Hanse hatte das Bedürfnis, Ath zu treten oder zu schlagen, bloß damit er aufhörte, und das war gar nicht seine Art.

Er warf einen Blick auf die einunddreißig Syresschnüre (jede einunddreißigmal geknotet), die Slys Schenke als Türvorhang dienten. Er sah sieben starrende Augäpfel, sechs Finger und mehrere nicht zusammengehörende Füße. Selbst im Labyrinth erregte Lärm Aufsehen – aber die Leute waren vernünftig genug, nicht herbeizulaufen und sich einzumischen.

»PUHHHH!« brüllte Hanse, schnitt ein furchterregendes Gesicht, und machte einen Sprung auf die Tür zu. Dann rannte er an dem sich im Schmutz windenden, wimmernden Athavul vorbei zur nächsten Ecke. Dort blickte er die Straße der Gerüche entlang, Richtung Zeile. Er war sicher, daß er den roten Umhang sah, jetzt aus dieser Entfernung. Ja. Die Frau überquerte die Zeile, ging nordwärts, vorbei an den offenen Schuppen im Gerbergäßchen, fast bis zur Kreuzung Glibbergasse.

Mehrere Leute kamen die Straße der Gerüche entlang.

Sie gingen in die entgegengesetzte Richtung, an Hanse vorbei. Jedoch keiner sah ihn, obgleich er rannte. Er hörte, wie ein Paar sich über die Blinde im Kapuzenumhang mit dem weißen Stock unterhielt. Er überquerte die hellbeleuchtete Zeile, als der rote Umhang gerade die Dirnenkreuzung erreichte, an der die Gerberstraße in die Straße der Gerüche mündete. Hanse eilte an dem winzigen »Tempel« Thebas und mehreren kleinen Läden vorbei. Vor dem Eingang des noch winzigeren Tempels der Jungfrau Eshi (an die Jungfrau glaubten wenige) blieb er stehen und beobachtete, wie der Umhang nach links, also nach Nordwesten, abbog. Es war zweifellos eine Frau. Wollte sie zu den Häusern am Markt? Oder zu einem der kleinen Häuschen gegenüber?

Oder war sie auf dem Weg zur Straße der Roten Laternen? Eine Frau, die vortäuschte blind zu sein, und die Athavul mit einem Zauber des Schreckens belegte, wie Hanse ihn noch nie erlebt hatte. Er mußte ihr folgen. Er konnte gar nicht anders.

Es war nicht allein Neugier, die ihn die Frau beschatten ließ. Er wollte wissen, wer sie war. Vielleicht konnte er auch an einen so nützlichen Stock herankommen. Weiß, wie er war, sah er wirklich wie ein Blindenstock aus, aber wenn er ihn anstrich, wäre er ein Spazierstock für – Nachtschatten, oder für jemanden mit einem fetten Beutel, der ihn dann gegen Hanses Diebesbrüder einsetzen könnte.

Wenn er auf sich selbst aufpassen konnte, sollten sie es ebenfalls.

Hanse folgte ihr nicht – er rannte ihr voraus.

Er rannte an der Glibbergasse vorbei und drückte sich in die Türöffnung eines Feigenhändlers, als zwei Mann von der Stadtwache vorüberkamen. Dann überquerte er zwei leere Grundstücke, einen Hinterhof voll Hundedreck, ließ ein Bedürfnishäuschen links liegen, bog um zwei mächtige Bäume und zwei Fleischlagerhäuser und bahnte sich einen Weg durch zwei Hecken – eine davon war sehr dornig, und sie machte sich überhaupt nichts daraus, daß ein Schatten auf lautlosen Sohlen sie verfluchte. Dann kletterte er über eine Veranda, eine Regentonne und eine schlafende schwarze Katze, die daraufhin mehr Geschrei machte, als die zwei Hunde, die er aufgeweckt hatte und von denen einer immer noch in seinem hilflosen Ärger auf einer anderen Veranda kläffte. Er hüpfte über einen Abfallhaufen und machte einen weiten Sprung über einen Komposthügel. An einem Liebespärchen raste er vorbei (»Was war denn das, Wrenny?«), an einem umgekippten Notdurfthüttchen, einem weiteren Regenfaß, unter einer vor einen Karren gespannten Kuh duckte er sich hindurch, und ließ noch drei weitere Häuser hinter sich zurück.

Der männliche Teil des Liebespärchens, und einer der Hunde sahen den flüchtigen Schatten sogar, doch sonst niemand, nicht einmal die Kuh.

Auf einem Knie neben einem Bohnenbeerenstrauch am oberen Ende der Marktstraße, blickte er auf die saubere, gerade Straße, die auf der anderen

Seite des Marktes entlanglief. Er war keineswegs atemlos.

Die Gestalt im Kapuzenumhang erreichte soeben dieses Ende des langgestreckten Marktes. Hanse verzog die Lippen zu einem zufriedenen Lächeln. Er war ja so schlau, so flink! Er war gerade rechtzeitig gekommen, um ...

... zu sehen, wie zwei Diebe mit Kapuze, aber ohne Umhang, aus den tiefen Schatten einer Hausecke auftauchten. Sie sprangen die Frau an. Einer packte sie von hinten, der andere kam von vorn auf sie zu, ohne sichtbare Waffen, bereit sich zu schnappen, was sie hatte, und fortzulaufen. Sie benahm sich eigenartig. Sie machte einen Sprung zur Seite und stupste nach dem vorderen Angreifer. *Stupste,* wie Hanse sah. Sie schlug weder, noch stach sie mit dem weißen Stock zu.

Sofort fiel der Mann auf die Knie. Er wimmerte, winselte, flehte, bebte. Wie – Athavul.

Flink, nicht so schnell wie er, aber doch beachtlich für eine Frau – das sah Hanse im Näherkommen – wirbelte sie zu dem zweiten Dieb hinter ihr herum. Er duckte sich tief. Der Stock pfiff über seinen Kopf hinweg, während der andere Dieb seiner grauenvollen Angst Ausdruck verlieh. Der Mann, der von hinten gekommen war, schnellte hoch. Seine Rechte sauste im Handkantenschlag auf das Handgelenk der Frau, und seine linke Faust stieß nach ihrem Bauch. Die Faust, oder etwas, das sie hielt, glitzerte im Mondschein. Das silbern glitzernde Ding drang in die Frau ein. Ihr entquoll ein würgender Laut, und während sie fiel, entglitt ihr der weiße Stock. Der Dieb griff danach.

Das war bestimmt nicht ratsam. Aber seine Hand schloß sich um den Griff des Stocks, ohne daß es ihm etwas auszumachen schien. Dann trat er wütend nach der Frau – es war zweifelhaft, daß sie es noch spürte –, ehe er seinen Kameraden aufforderte, sich zusammenzureißen. Letzterer benahm sich genau wie Athavul, als Hanse ihn angebrüllt hatte. Er fiel nach vorn, rollte auf eine Seite und kauerte sich zusammen wie ein Kind im Mutterschoß, während er weinte und flehte.

Der Mörder stieß einige gemeine Verwünschungen aus und wandte sich der Toten zu. Er riß ihr die Kette vom Hals, die Ringe aus den Ohren und zerrte an dem mageren Beutel an ihrem Gürtel. Als er sich nicht löste, trennte er ihn mit einem geschickten Schnitt ab, der von Erfahrung zeugte. Dann richtete er sich auf, schaute in alle Richtungen und sagte etwas zu seinem Partner, der jedoch in seiner gekrümmten Haltung weinend liegenblieb.

»Dann hol dich Theba!« fluchte der andere und rannte davon.

Zurück zu den Schatten der Westecke eines Marktgebäudes floh er – und einer der Schatten stellte ihm ein Bein. Als er fiel, stupste ein Ellbogen auf seinen Nacken.

»Ich will, was du mitgenommen hast, du mordender Hundesohn«, sagte eine Stimme aus den Schatten, während der Liegende sich herumrollte. »Deinesgleichen bringen ehrbare Diebe in Verruf.«

»Dann nimm es doch!« Der Liegende rammte dem Schatten, als der sich über ihn beugte, den weißen Stock in den Schenkel.

Sofort griff die Furcht nach Hanse, würgte ihn, hüllte ihn ein, ergriff Besitz von ihm. Eine grauenvolle, unbeschreibbare Furcht war es. Hanses Achselhöhlen trieften, der Schließmuskel zitterte.

Im Gegensatz zu den anderen Stockopfern, die er gesehen hatte, befand sich Hanse im Dunkeln, und er war Nachtschatten. Er sank nicht auf die Knie.

Er floh, voll entsetzlicher Furcht, wimmernd, die Hände auf den Bauch gepreßt. Tränen flossen und raubten ihm die Sicht, aber es war ohnehin stockdunkel um ihn. Er torkelte, weinte, fürchtete sich schrecklich und wußte doch, daß er keinen Grund hatte, sich zu fürchten, daß es Zauberei war, der gemeinste, entwürdigendste Zauber, mit dem man einen Menschen belegen konnte. Er hörte den Mörder lachen und versuchte schneller zu laufen. Er hoffte nur, der Mann verfolgte ihn nicht, um sich vor ihn zu stellen und ihn auszulachen und zu verspotten. Das ertrüge er nicht.

Doch dazu kam es auch nicht. Der Dieb, der getötet hatte, ohne es eigentlich zu wollen, lachte zwar, aber auch er war voll Furcht und völlig verwirrt. Er floh wie ein geprügelter Hund in die entgegengesetzte Richtung. Hanse taumelte, torkelte furchterfüllt weiter, immer weiter. Er hatte seinen Instinkt nicht verloren, im Gegenteil, er war stärker als je zuvor, und so hielt er sich in den Schatten, wie ein verängstigtes Kind sich an den Rockschoß seiner Mutter klammert. Aber er machte Geräusche dabei, gräßliche Geräusche.

Gleichzeitig angezogen und abgestoßen von dem Winseln und Wimmern, kam Mignureal herbei. »Was – aber das ist ja Han ... *Was hast du denn?*«

Hanse überlegte gerade ernsthaft, ob er sein Elend nicht mit dem Messer in der Hand beenden sollte. Irgend etwas mußte er tun, damit diese verzehrenden Schreckensqualen aufhörten. Als er des Mädchens Stimme vernahm, entglitt ihm das Messer, und er fiel schluchzend auf die Knie.

»Hanse – *hör auf!*«

Er tat es nicht. Er konnte es nicht. Er konnte sich nur zusammenkauern wie ein Ungeborenes, und das tat er. Verständnislos handelte das grellbunt gekleidete Mädchen sofort und rettete ihn so. Ihre Mutter mochte den Jungen, und für Mignureal selbst war er eine romantische Gestalt, ein anziehender Mann. In seinem gegenwärtigen Zustand fiel es sogar der erst Dreizehnjährigen leicht, mit ihm fertig zu werden. Obgleich ihr sein hysterisches Schluchzen und sein wimmerndes Flehen Tränen des Mitleids entlockten, band sie doch seine Hände auf den Rücken. Und die ganze Zeit hauchte sie dabei Gebete, die nur die S'danzo kannten.

»Du kommst jetzt mit«, sagte sie fest, obgleich ihr die Tränen über die Wangen rannen und sie schluckte. »Komm mit mir!«

Hanse gehorchte.

Sie folgte dem hellbeleuchteten Statthalterweg, bog in die Schattengasse ab und zog ihren wimmernden Gefangenen mit sich. An der Ecke der Schatten- und Glibbergasse hielten zwei Uniformierte sie auf.

»Aber das ist ja Mondblumes Tochter. Wen hast du denn da, Mineral?«

»Mignureal!« verbesserte sie. »Jemand hat ihn mit einem Zauber belegt – drüben auf der Hauptstraße.« Mit voller Absicht nannte sie eine Gegend, gerade entgegengesetzt von der, in der sie ihn gefunden hatte. »Mutter kann ihm helfen. Eshis Segen auf euch!«

»Hmmm! Ein Furchtzauber, eh? Ich wette einen Krug, daß es dieser verdammte Anus Yorl, oder wie immer er heißt gewesen ist. Wer ist es denn, der da so unter deinem Schultertuch wimmert?«

Mignureal überlegte schnell. Was Hanse zugestoßen war, war grauenvoll. Es wäre unerträglich für ihn, wenn diese Stadtwächter es überall herumerzählten. Also log sie aufs neue. Es sei ihr Bruder Antilope, erklärte sie. Die beiden Männer gaben ein paar mitfühlende Laute von sich und ließen sie ihres

Weges ziehen, während sie etwas über verfluchte Zauberer murmelten und über die verrückten Namen, die die S'danzo ihren Kindern gaben. Die Stadtwächter beschlossen, in der Schreckensgasse nach dem Rechten zu sehen und im Bierhaus dort einzukehren.

Mignureal führte Hanse einen halben Block weiter und brachte ihn in das Geschäft und gleichzeitig die Wohnung ihrer Eltern, die beide schliefen. Die dralle, übergewichtige Mondblume empfing so spät keine Kundschaft mehr und machte auch keine Hausbesuche. Ganz abgesehen davon, bestand ihr ausgesprochen maßloser Mann darauf, daß sie immer früh mit ihm ins Bett ging. Als ihre Tochter sie schluchzend schüttelte, erwachte die Seherin. Diese Verbindung aus Begabung, Fettgewebe und einem Busen, der ausgereicht hätte, Achtlinge gleichzeitig zu stillen, diese Frau mit dem romantischen Namen, setzte sich auf und legte tröstend die Arme um ihre Tochter. Ohne sie zu unterbrechen, hörte sie ihr zu. Dann war sie auch schon aus dem Bett und bei Hanse. Mignureal hatte ihm befohlen, auf dem Diwan im Geschäft zu warten.

»Das paßt einfach nicht zu Hanse, Mutter!«

»Natürlich nicht! Das ist Zauberei in ihrer hassenswertesten Form!«

»Beim Erlöser Tiana – es ist schrecklich, ihn so zu sehen, zu hören ...«

»Hol mein Tuch«, bat Mondblume. Sie nahm Hanse ein Messer nach dem anderen ab. »Und mache uns Tee, Liebling.«

Mondblume hielt den bebenden jungen Mann in ihren Armen und murmelte beruhigende unverständliche Worte. Sie drückte sein tränenüberströmtes Gesicht an ihren üppigen Busen, löste die Fessel von seinen Hände und hielt seine dunklen Finger in ihren, die viel größer, bleicher und fleischiger waren. Und unentwegt redete sie beruhigend auf ihn ein. Ihre Tochter schlang das Schultertuch um sie und ging, um Tee zu kochen.

Das einfallende Mondlicht beleuchtete den Fuß eines großen Mannes, während die Seherin bei Hanse saß und er schließlich, immer noch zitternd, einschlief. Sie hielt seine Hände, bis er, von seinem Atem abgesehen, still war. Mignureal blieb mit glänzenden Augen in der Nähe und erkannte sofort, als ihre Mutter sich in die Ebene über der normaler Sterblicher begeben hatte, denn sie sackte in sich zusammen, und ihre Augen wirkten glasig. Sie begann zu murmeln. Eine Frau, zierlich im Innern, massig äußerlich, ein riesiges Kätzchen mit Sehergabe.

»Ein Jagdhund mit gelbem Fell? Groß wie ein Baum, alt wie ein Baum – er hält sich in der Nähe auf, und bei ihm ist ein Gott, keiner von Ilsig. Ein Gott von Ranke – oh, es ist ein Höllenhund! O Hanse, das ist kein Hexerzauber, das ist Gottzauber! Und wer ist das …? Oh. Noch eine Gottheit! Aber wieso ist Theba darin verwickelt, die so wenige Anhänger hier hat? Oh!«

Sie schauderte, und ihre Tochter wollte sie schon berühren, hielt sich aber doch zurück.

»Ich sehe Ils höchstpersönlich, er verbirgt sein Antlitz – ein Schatten, hoch wie ein Baum, und noch einer, bei weitem nicht so groß. Ein Schatten und sein Werkzeug? Aber der kleinere hat keinen Kopf – oh! Er fürchtet sich! Das ist es! Er hat kein Gesicht mehr. Es ist Ha … Ich sage es lieber nicht, obwohl er schläft. O Mignue, auf der Straße vor dem Markt liegt eine Leiche und – ahhh!« Ein tiefer Seufzer drückte ihre Erleichterung aus. »Nicht Hanse hat sie getötet – ein anderer! Und Theba schwebt über ihr. Ich sehe – ich s ... Ich werde nicht sagen, was ich sehe. Es verschwimmt ...«

Wieder seufzte sie. Schwitzend saß sie ganz still und ihre gewaltige Masse quoll zu beiden Seiten über den Stuhl. Sie blickte auf den schlafenden Nachtschatten. »Er hat mit dem Statthalter gesprochen, der des Kaisers Halbbruder ist, Mignureal, mein Kind, hast du das gewußt? Und er wird es wieder tun. Sie sind keine Feinde, unser Statthalter und Nachtschatten.«

»Oh!« Mignureal sah ihn an, den Kopf leicht schräg gelegt. Mondblume bemerkte den Blick.

»Du gehst jetzt ins Bett, und morgen erzählst du mir, was du so spät noch unterwegs getan hast, Mignue. Und du wirst nie wieder in Hanses Nähe gehen, verstehst du?«

»O Mutter.« Mignureal begegnete dem festen Blick ihrer Mutter nur kurz. »Ja, Mutter, ich verstehe.« Sie ging ins Bett.

Mondblume nicht. Sie blieb neben Hanse sitzen. Am Morgen war er wieder in Ordnung, und sie sagte ihm, was sie gesehen hatte. Er würde nie wieder derselbe sein, das wußte sie, er, der die Furcht in ihrer schlimmsten Art kennengelernt, der dem Gott des Schreckens ins Antlitz gesehen hatte. Aber er war wieder Hanse und hatte keine Angst mehr. Mondblume war sicher, daß er in wenigen Stunden seine stolze, selbstsichere Haltung zurückerlangen würde. Sie bemerkte auch, daß er grimmig entschlossen war.

Die Botschaft, die an der kleinen Wachstation an der Ecke Schatten- und Echsengasse abgegeben worden war, besagte: »*Der Höllenhund, der so groß wie ein Baum ist, soll zur Zeit, da die Schatten Furcht in allen Herzen wecken, zwischen dem stinkenden Markt und dem Katzen-*

*lager spazieren.«* Die Botschaft wurde Tempus ausgehändigt, der dem Wachoffizier befahl, sie zu vergessen. Den Befehl begleitete ein grimmiger Blick. Der Winder beteuerte es ihm und zog sich eilig zurück.

Allein und angeregt von einer Prise seines Freundes in Pulverform, versuchte Tempus die Botschaft zu deuten. Dem Wortlaut nach, war sie von Nachtschatten. Hanse wollte ihn eine Stunde nach Mitternacht allein treffen. So weit so gut. Aber wo? Stinkender Markt konnten alle möglichen Orte sein. Und »Katzenlager« sagte ihm nichts. Katzenlager: die Getreidespeicher – wo Katzen nicht nur gehalten wurden, sondern auch noch hinwanderten, angezogen von den Mäusen, die wiederum das Getreide anzog. Nein, *zwischen* ihnen und irgend etwas, das man als stinkenden Markt bezeichnen konnte, konnte man dort nicht spazieren.

Wo stinkt es am meisten? Das ist leicht, sagte er sich. Bei den Gerbern. Nein, tote Fische stinken noch mehr! Hmm. Also der Fischmarkt unten beim Breitenweg, dort wo man ihn auch Lagerweg nannte, und – Katzenlager? Er betrachtete die Karte.

Oh! Einfach. Den Statthalter nannte man Kittycat, Kätzchen! Und am Breitenweg befanden sich die Lagerhäuser des Statthalters, ganz in der Nähe des Fischmarkts. Keinen Block von der Wachstation an der Ecke Schatten- und Echsengasse! Dieser verschlagene Bursche! Tempus schüttelte den Kopf, und Stunden später war er dort. Er vergewisserte sich, daß niemand versuchte ihm zu »helfen«. Zweimal spielte er Schatten und beobachtete seine eigene Spur. Nein, er wurde nicht verfolgt. Er rümpfte die Nase über den Gestank, und als er auf einen weggeworfenen Fischkopf trat und ausrutschte, schwor er sich, gleich morgen einen Trupp zum Saubermachen herzuschicken und auch vorzuschlagen, daß ein paar Straßenlampen aufgestellt wurden.

»Ich bin froh, daß Ihr ausseht, wie Ihr«, sagte ein Schatten hinter und etwas über ihm.

»Ein Gott hat mich gezeichnet, Hanse«, erklärte Tempus, ohne hochzublicken. »Er half mir im Wilden Einhorn. Ich wollte dort nicht erkannt werden, weil es dir nur geschadet hätte. Hast du mir die Botschaft zustellen lassen, weil du es dir anders überlegt hast?«

»Nur, wenn wir einen Handel machen.«

»Nun, das verstehe ich. Man sagt, daß du auch mit meinem Arbeitgeber schon einmal einen Handel geschlossen hast.«

»Das ist doch offenbar so unmöglich, wie in den Palast einzusteigen.«

»Offenbar. Ich bin zum Handeln bevollmächtigt, Hanse.«

»Eine Frau wurde tot am Landweg, unmittelbar am westlichen Ende des Markts, aufgefunden«, sagte der Schatten leise. »Sie trug einen Umhang von der Farbe gebrannten Tons.«

»Ja.«

»Sie hatte einen Spazierstock. Er hat eine – *grauenvolle* Wirkung auf Menschen. Ihr Mörder stahl ihn, nachdem sie ihn bei seinem Partner benutzt hatte, den er im Stich ließ.«

»Es wurde keine Leiche von einem Dieb gefunden.«

»Der Stock tötet nicht. Seine Wirkung ist – *entsetzlich!*« Eine Pause. Schauderte der Schatten? »Ich habe es gesehen. Beide trugen ins Gesicht gezogene Kapuzen.«

»Weißt du, wer sie sind?«

»Nein, aber das kann ich mit Leichtigkeit herausfinden. Wollt Ihr den Stock?«

»Ja.«

»Wie viele dieser schrecklichen Dinge sind noch in privater Hand?«

»Zwei, glauben wir. Ein kluger Bursche hat die Leute gezählt, die mit einem Einkauf aus dem Laden kamen, und sich die Namen jener gemerkt, die er kannte. Was ist der Handel, Hanse?«

»Ich würde lieber mit ihm verhandeln.«

»Ich wollte, du würdest mir trauen.«

»Ich traue Euch, Tempus, so wie Ihr mir traut. Besorgt mir eine schriftliche Bescheinigung von ihm, unterzeichnet. Gebt sie der Seherin Mondblume. Das kostet mich Zeit, hält mich von meiner Arbeit ab ...«

»Arbeit?«

»... und ich verlange eine Entschädigung. Sofort!«

O du verdammter, arroganter Junge! dachte Tempus. Wortlos klingelte er mit drei Münzen, ehe er sie fallenließ. Er war sicher, daß Hanses Ohren Gold von Kupfer und Silber zu unterscheiden vermochten. Er ließ auch einen winzigen Beutel aus Schweinedarm fallen. »Hoppla!« sagte er.

»Ich brauche Hilfe, um mir etwas zurückzuholen, Tempus. Nur jemanden, der mir bei der Arbeit hilft. Was geborgen werden soll, ist mein, das schwöre ich.«

»Ich werde dir selbst helfen.«

»Wir brauchen Gerätschaften, ein Pferd, Stricke ...«

»In Ordnung. Du bekommst es schriftlich, aber es ist bereits abgemacht. Halt du dich an die Abmachung, dann tue ich es auch. Das ist eine Abmachung zwischen dir und mir.«

»Und mir und ihm! Vergeßt nicht, daß die S'danzo-Seherin das unterzeichnete Schriftstück erhält. Also gut, Tempus. Der Handel gilt.«

»Dann bis morgen nachmittag. Gute Nacht, Nachtschatten.«

»Gute Nacht, Schattenmann.«

Tempus drehte sich um und schritt zwischen den Häusern ins Licht und in weniger übelriechende Luft. Lautlos verschwanden die drei Goldmünzen und das Beutelchen Krrf, das er ebenfalls hatte fallenlassen, in den Schatten.

Am nächsten Morgen, kaum daß die Sonne aufgegangen war, umarmte Hanse Mondblume und tat so, als fände er ein Goldstück in ihrem Ohr.

»Ich habe für dich gesehen, nicht für Geld!« sagte sie.

»Das weiß ich doch. Aber schau mal, in deinem andern Ohr ist noch ein Goldstück für Mignureal. Ihr kriegt das Gold, weil ich es gefunden habe, nicht weil ihr mir geholfen habt. Und heute wird jemand dir ein Schriftstück für mich bringen.«

Mondblume ließ beide Münzen unter ihrem Schultertuch verschwinden, was sie ihre Schatztruhe nannte. »Du brauchst gar nicht so schauen, Mignue wird ihre schon bekommen. Wirst du mir einen Gefallen tun, Hanse, den ich jeder Münze vorziehe?«

Ernst und sich ausnahmsweise entspannend, nickte er. »Selbstverständlich.«

»Meine Tochter ist noch sehr jung, aber sie schwärmt für dich. Würdest du so lieb sein und tun, als wäre sie deine Schwester?«

»Oh, *das* würdest du nicht wollen, Mondblume«, entgegnete er mit einer der seltenen Anspielungen auf die Art von Kindheit, die er gehabt hatte. »Sie ist die Tochter meiner Freundin, und ich werde sie als Base betrachten. Außerdem sah sie mich – so. Ich werde ihr vermutlich nie wieder in die Augen sehen können.«

Sie nahm die schmalen, ruhelosen Finger des Diebes, der stolz darauf war, daß er nie jemandem weh getan hatte, den er ausraubte. »Du wirst ihr in die Augen sehen können, Hanse. Ganz sicher. Es war ein Gottzauber. Du brauchst dich also nicht zu schämen. Versprichst du mir, vorsichtig zu sein?«

»Ja.«

Sie blickte ihm in die Augen. »Aber du hast vor, ihn zu suchen.«

»Ja.«

Die Anhänger der Göttin Theba – der ältesten Gottheit überhaupt – gingen vermummt in ihren kleinen Tempel. Das war bei ihnen so üblich. Das machte es der Regierung auch leichter, sie zu überwachen, und erleichterte es Hanse, sich unter sie zu mischen. Eine Schulter ein wenig geneigt, ein Bein unter der stumpfbraunen Kutte etwas mehr beansprucht, und schon war er nicht mehr der geschmeidige Nachtschatten.

Der Gottesdienst war langweilig, und Weihrauch hatte er nie gemocht – er reizte ihn gleichzeitig zum Niesen und zum Schlafen. Wenn er sich überhaupt mit Religion befaßte, dann galt seine Vorliebe eher dem Halbgott Rander Rehabilitatus als sonst irgendeiner Gottheit. Aber er hielt durch und paßte auf. An diesem Gottesdienst nahmen zwei blinde Gläubige teil, beide mit Stöcken. Nur einer war weiß, aber er wurde nicht von einem Linkshänder gehalten.

Den Gesuchten zu finden, war wirklich ganz leicht. Als er seinen Partner verließ, hatte der mordende Dieb geflucht: »Dann hol dich Theba!« Und Mondblume hatte diese Göttin gesehen oder zumindest ihr Bild, wie es von Ikonen und Amuletten her bekannt war. Sie hatte knapp vierzig Anhänger in Freistatt und nur diesen einen (Teilzeit-)Tempel. Dann hatte der Dieb den Schreckensstock mit der Rechten abgewehrt und seinem Opfer den Dolch mit der Linken unter das Herz gestoßen, und ebenfalls mit der Linken hatte er dann den Stock gegen Hanse gestupst.

Dann folgte die Zeremonie der Verbindung im Namen der Göttin. Hanse paßte auf, was die anderen taten. Sie gingen, sich untereinandermischend herum und sagten nette dumme Worte von Liebe und Frieden zueinander. Ein übliches, bedeutungsloses Ritual. »Frieden« war ein Wort, das Leben und seine Bedürfnisse waren eine völlig andere Sache. Hanse mischte sich unter die Menge.

»Liebe und Frieden, Bruder«, wünschte eine Frau aus ihrer dunklen Kapuze. Ihre Hand glitt unter Hanses Kutte, und er umklammerte ihr Gelenk.

»Frieden und geschicktere Finger, Schwester«, antwortete er ruhig und ging um sie herum auf sein Ziel zu. Um jedoch ganz sicherzugehen, näherte er sich Kapuze an Kapuze dem Mann mit dem weißen Stock und machte verlegen eine obszöne Geste. Kapuze und Stock bewegten sich nicht, nur eine Hand streckte sich tastend nach Hanse aus.

»Ihr Frieden bleibe Euch immer erhalten, mein Bruder«, wünschte der Blinde mit hoher Stimme. Hanse murmelte ein paar Worte und drehte sich um.

»Du schmutziger Hundesohn!« zischte eine Stimme unter einer grün-rot gestreiften Kapuze. »Der arme blinde Sorad ist seit Jahren unter uns, und nie hat jemand ihn mit einer so gemeinen Geste bedacht. Nur gut, daß er sie nicht sehen konnte. Wer bist du überhaupt?«

»Jemand, der glaubt, daß der andere Blinde nicht blind und auch keiner von uns ist, und nur eine Probe machte – Bruder. Habt Ihr ihn schon einmal gesehen?«

Der andere, der sich über ihn aufgeregt hatte – ein korpulenter Mann in gestreiftem Myrsevadanumhang –, schaute sich um. »Hmm – nein. Der mit den Handschuhen?«

»Ja. Ich glaube, er trägt sie, weil sein Stock – ja, auch Euch Frieden, Schwester – frisch gestrichen ist.«

»Ihr glaubt, es sei eine getarnte Waffe? Daß er vom – Palast ist?«

»Nein. Ich glaube, der Prinz-Statthalter schert sich nicht für ein Kupfer um – uns.« Hanse war stolz darauf, daß er im letzten Augenblick noch daran gedacht hatte, »uns« statt »euch« zu sagen. Daß er die Rolle spielte. »Ich bin genau wie ihr, aber *er* ist böse«, hatte ihm schon aus mancher schlimmen Lage geholfen. »Ich denke aber, daß er ein Spitzel ist. Dieser Priester von Ranke, der jeden Tempel schließen und einen neuen prunkvollen errichten lassen will, für Vash ... Vashi ..., wie immer sie ihn nennen ... Ich wette, er hat ihn geschickt!«

Das ließ den frommen Thebiten vor Wut erbeben. Geradewegs bahnte er sich einen Weg zu dem Mann im waldgrünen Umhang mit dem braunen Stock. Hanse, der seitwärts auf den Eingang zuging, durch den man tagsüber in eine Gürtelmacherwerkstatt gelangte, beobachtete, wie der Dicke zu dem Mann mit dem Stock sprach.

Hanse hörte die Antwort nicht, weil gerade ein fetter Mann – in einem Umhang von der Größe eines Zeltes – zu ihm sagte: »Mögen all Eure Tage hell in ihrem Licht sein und sie Euch zu sich holen, wenn Ihr des Lebens müde seid, Bruder.«

»Oh ... *Danke,* Bruder. Und Euch Frieden in ...« Hanse unterbrach sich, als das grauenvolle Schreien begann.

Es kam von dem dicken Mann im grün-rot gestreiften Umhang, dessen zurückgerutschte Kapuze sein furchtverzerrtes Gesicht offenbarte. Natürlich verstand niemand, was mit ihm geschehen war, und weitere Schreie erhoben sich unter der Menge der Vermummten. Zwei jedoch kannten den Grund sehr wohl, und beide hasteten auf die Tür zu. Einer war jedoch näher dran, er rannte hinaus und bog scharf ab, um von der Tür aus nicht gesehen zu werden. Er hatte bereits die kleine Flasche Essig aus seiner stumpfbraunen Kutte geholt und den Korken herausgezogen. Im Tempel herrschte Lärm und große Verwirrung.

Der Mann mit den Handschuhen und dem braunen Spazierstock eilte durch die Tür und bog nach links. Hätte er das nicht getan, würde Hanse ihn gerufen haben. Der Mann kam nicht mehr dazu, irgend etwas zu tun. Hanse hatte ihm bereits den Essig unter die Kapuze geschüttet.

»Ah!« Der Mann zog den Kopf ein, als die Flüssigkeit ihn traf und in beide Augen drang. Da er nicht blind und somit nicht daran gewöhnt war, einen Stock zu tragen, ließ er ihn sofort fallen, um beide Hände vors Gesicht zu schlagen. Hanse schluckte schwer, ehe er den Stock am Griff aufhob. Er trat dem Stöhnenden ins Knie und rannte. Die Gottwaffe schien entsetzlich *lebendig* in seiner Hand zu summen, so sehr, daß er sie am liebsten von sich geworfen hätte. Aber er tat es nicht, und sie übte auch keine andere Wirkung auf ihn aus. Gleich um die Ecke blieb er kurz vor einem um Almosen flehenden Bettler stehen, der plötzlich um eine warme, braune Kapuzenkutte reicher war. Da er sie über den Kopf geworfen bekam, ehe er noch das Gesicht gehoben hatte, sah er den edlen Spender nicht. Und als der Bettler sich befreit hatte, war Hanse bereits von den Schatten verschluckt.

»He, du kleiner Schleicher, wo willst du hin?« Ein durch die Straße stolzierender, von sich und seiner

Kraft überzeugter Händler aus der Wüste griff nach Hanse, als der vorüberlaufen wollte. Nun, er war nicht aus der Stadt und wußte nicht, an wen er da Hand anlegte. Er würde es auch nicht erfahren, weil er schnell aus der Stadt verschwinden würde, sobald er seinen normalen Zustand wiedererlangt hatte. Ja, Hanse fand es gar nicht so schlecht, eine Probe zu machen, um ganz sicherzugehen – und so stupste er ihn.

Wahrhaftig, es war der Zauberstock! Kein Zweifel mehr!

Während er weitereilte, lächelte Hanse zufrieden.

Er hatte den Stock, und der mordende Dieb, der ihn gegen ihn benutzt hatte, würde eine lange, lange Zeit gar nicht mehr so flink und geschickt sein. Und die Kutte, die er von einer Wäscheleine gerissen hatte, war nun im Besitz eines Bettlers, der sie in ein paar Monaten gut gebrauchen konnte. Und Hanse hatte seine kleine Bescheinigung vom Prinz-Statthalter. Sie bestätigte: »*Er, den Du dazu bestimmst, soll Dich voll und ganz in dem von Dir bestimmten Unternehmen unterstützen, vorausgesetzt es wird dadurch kein Gesetz verletzt, und wir erhalten als Gegenleistung einen weiteren Stab.*«

Hanse mußte lachen, als er den letzten Satz las. Selbst ein Prinz hatte also Humor und erinnerte sich ohne Grimm, daß Hanse ihm vor nicht ganz einem Monat sein Savankh, den Statthalterstab, gestohlen hatte. Und jetzt wurde ihm amtlich die Hilfe des großen kräftigen Tempus' zugesagt, damit er zwei Satteltbeutel voll Silber aus einem Brunnen bergen konnte, der in den Ruinen des Adlerhorsts lag, wo es angeblich spuken sollte. Hanse hoffte, Prinz Kadakithis' Humor würde noch weiter reichen: Das zu bergende Silber stammte nämlich ursprünglich von ihm, es hätte das Lösegeld sein sollen für seinen Statthalterstab. Ja, und dann hatte Tempus' Krrf auch noch ein Silberstück eingebracht.

Und jetzt ... Hanses Grinsen wurde breiter. Angenommen, er versuchte ein *zweites* Mal unbefugt in den Palast einzudringen? Angenommen, unter den Almosensuchern, die in zwei Tagen am Hof eingelassen wurden – denn Prinz Kadakithis versuchte sich auf jede erdenkliche Weise beliebt zu machen –, befand sich ein Blinder? Dann könnte Nachtschatten diesen entsetzlichen Stock dem Prinzen nicht nur persönlich aushändigen, sondern auch beweisen, wie schlecht es um die Sicherheitsvorkehrungen im Palast bestellt war!

Unglücklicherweise hatte Tempus sich inzwischen der Sicherheitsmaßnahmen angenommen. Der vermummte, blinde Bettler wurde zwei Tage später am Tor ersucht, sich auszuweisen, und der Höllenhund Quag nahm ihm in seinem Mißtrauen den Stock ab. Als der vermummte Hanse dagegen protestierte, bekam er den Stock zu kosten. Nun, zumindest wurde dadurch bewiesen, daß er den richtigen Stock in bester Absicht gebracht hatte. Außerdem durfte er eine Nacht im Palast verbringen – so unangenehm sie in seiner grauenvollen Furcht auch war.

# Die andere Seite von Freistatt

## Robert Lynn Asprin

Die Reaktion der Leser auf den ersten Band der DIEBESWELT, war überwältigend und aufmunternd. Es hat den Anschein, daß die Leser der DIEBESWELT nicht wissen, daß sich Anthologien, und insbesondere Fantasy-Anthologien schlecht verkaufen.

Die eingegangenen Briefe schäumten über von Lob und Enthusiasmus; eine Kritik war jedoch oft zu lesen. Es wurde immer wieder aufgeführt, daß es in Freistatt außergewöhnlich hart zugeht. Es hat den Anschein, daß die Bürger der Stadt niemals lachen, oder, wenn sie es doch tun, so wirkt es gezwungen ... Man erinnere sich an die Begebenheit, als Kittycat Wein über sein Gewand vergoß, als er auf das Wohl seines Bruders, des Kaisers, einen Toast aussprechen wollte.

Das ist eine wohlbegründete Kritik. Schließlich gibt es keine vollkommen verdorbene Stadt. Und zweitens sind die Leser, die mit meinen anderen Werken vertraut sind, es gewöhnt, *etwas* Humor auf den Seiten vorzufinden – sogar in einem rassenausrottenden Krieg zwischen Echsen und Käfern. Aber das Schlimmste daran ist, daß mir ein Blick in den zweiten Band schmerzlich bewußt machte, daß dieser Trend sich fortsetzt, anstatt sich zum Besseren zu entwickeln.

Deshalb habe ich, als Herausgeber, es auf mich genommen, den Lesern einen Einblick in die Honigseite der Stadt zu gewähren – über den Nutzen und die Vorteile, im schlimmsten Höllenloch des rankanischen Reiches zu leben.

Wenden wir uns zu diesem Zweck einem wenig verbreiteten, nie zitierten Dokument zu – herausgegeben wurde es von der Freistätter Handelskammer kurz vor deren Schließung. Wahrscheinlich lag es am Wunsch des Prinzen, der verlangte, die Broschüre solle wenigstens ein Mindestmaß an Wahrheit enthalten, daß das Dokument nicht den beabsichtigten Erfolg hatte. Nichtsdestoweniger, hier nun, zu Ihrer Erbauung und Weiterbildung, sortierte Auszüge aus der Schrift:

## FREISTATT: ERHOLUNGSMETROPOLE DES RANKANISCHEN REICHES

Jährlich strömen Touristen zu Dutzenden nach Freistatt auf der Suche nach Abenteuern, die in jedem dunklen Winkel des Kaiserreiches zu finden sind. Keiner war je enttäuscht darüber, daß seine Wahl auf Freistatt gefallen war. Unsere Stadt hält alles, was sie verspricht – und sogar noch mehr! Viele Besucher gehen nie mehr fort, und jene, die es doch tun, finden das Leben, in das sie zurückkehren, fade, im Gegensatz zu der aufregenden Atmosphäre, die sie in dieser großartigen Stadt umgeben hatte.

Sind Sie Händler, und wollen Sie Ihr Geschäft erweitern oder umsiedeln, kommen Sie nach Freistatt. Wo sonst finden Sie all die folgenden Eigenschaften an einem einzigen Ort?

## GESCHÄFTSMÖGLICHKEITEN

BESITZ – *Land ist billig in Freistatt! Ob Sie im Osten der Stadt, im Sumpf, bauen wollen, oder im Westen, in der Wüste, Sie werden feststellen, daß große Parzellen Land zu verlockend niedrigen Preisen zu haben sind. Wenn Sie eine zentralere Lage anstreben, genügt es zu fragen. Die meisten Geschäftsinhaber tauschen Haus, Ware und Angestellte gern gegen eine Einfachfahrkarte aus der Stadt.*

ARBEIT – *Es gibt genug willige Arbeitskräfte in Freistatt. Sie werden feststellen, daß die meisten Bürger käuflich sind und gegen Bezahlung alles tun. Mehr noch, die Vielfalt der vorhandenen Talente in unserer Stadt ist erstaunlich. Fähigkeiten, die Sie niemals für vermarktbar gehalten hatten, werden in Freistatt problemlos ver- und gekauft – und der Preis stimmt immer!*

*Für jene, die Sklavenarbeit bevorzugen, ist die Auswahl in Freistatt groß. Sie werden ebenso überrascht sein darüber, wie die Sklaven selbst, wer auf dem Auktionsblock steht. Hier, wie überall in Freistatt, gibt es Angebote im Überfluß für solche mit scharfem Blick – oder Schwert.*

WARE – *Falls die abgeschiedene Lage der Stadt Sie verunsichert – kein Problem. Alles von Wert, was im Kaiserreich feilgeboten wird, gibt es auch in Freistatt. Viel mehr noch, in den Ständen und Geschäften der erstaunlichen Stadt tauchen oft Waren auf, von denen man sagt, sie wären gar nicht im Handel. Fragen Sie den Händler nicht, wie er an seine Ware kam. Seien Sie lediglich versichert, daß auch Sie niemals danach gefragt werden.*

## LEBENSSTIL

FREIZEITGESTALTUNG – *Wie schon die Alten sagten, man lebt nicht nur vom Brot allein. So braucht auch ein Bürger des rankanischen Reiches eine unterhaltsame Freizeit, als Ausgleich zu seinen geschäftlichen Aktivitäten. Hier ist Freistatt unschlagbar! Es wird nicht selten gesagt, daß das tägliche Leben von Freistatt, ein Abenteuer ohnegleichen ist.*

RELIGIONEN – *Glauben Sie an das Leben nach dem Tod? So muß das religiöse Angebot einer Region Ihrer genauen Prüfung standhalten. Nun, Freistatt nimmt jegliche Prüfende mit offenen Armen auf. In Freistatt ist jede rankanische Gottheit und jeder Kult vertreten, mehr noch, auch solche Religionsgemeinschaften, die anderswo in Rankanien nicht öffentlich auftreten, treffen Sie hier an. Alte Götter und vergessene Riten florieren neben den bekannteren Traditionen, was den anheimelnden Charme der Stadt unterstreicht. Unsere Tempel stehen auch nicht nur den streng Gläubigen offen. Viele Schreine erlauben – nein, erwünschen – die Teilnahme an ihren wunderlichen, einheimischen Riten.*

NACHTLEBEN – *Im Gegensatz zu anderen Städten im Reich, in denen nach Sonnenuntergang die Straßen leer sind, erwacht Freistatt nachts erst richtig zu Leben. Manche Bürger leben fast nur für das nächtliche Treiben, so daß man sie während des Tages kaum zu sehen bekommt. Wie konservativ oder abgestumpft Ihr Geschmack in bezug auf Unterhaltung auch sein mag, das Nachtleben in Freistatt werden Sie nicht vergessen. Schon allein die Straße der Roten Laternen bietet ein breitgefächertes Unterhaltungsangebot, von den stillen, eleganten Vergnügungen des Ambrosiahauses bis zu den etwas bizarreren Freuden im Hause der Peitschen. Durchstreifen Sie gerne Elendsviertel? Ein Schritt vor die eigene Haustür genügt.*

SOZIALER STATUS – *Sehen wir den Tatsachen ins Auge – ein jeder fühlt sich gerne einem anderen überlegen. Nun, Überlegenheit ist nirgendwo so leicht zu erlangen wie in Freistatt. Ein mittelständischer rankanischer Bürger ist in den Augen der Bewohner Freistatts ein reicher Mann. Neidische Blicke werden Ihnen folgen, und die Leute werden jeden Ihrer Schritte und Ihre Gebräuche mit schmeichelhafter Aufmerksamkeit zur Kenntnis nehmen. Selbst wenn Ihre Geldmittel Ihrer eigenen Meinung nach ungenügend sind, ist es doch fast sicher, daß Sie besser situiert sind als der durchschnittliche Freistätter Bürger. Wir garantieren Ihnen ohne Ausnahme, daß Sie, wie schlecht auch Ihre eigene Meinung über sich selbst sein mag, jemanden finden, dem Sie überlegen sind.*

EIN WORT ÜBER VERBRECHEN – *Sie haben sicher Gerüchte über die hohe Verbrechensrate in Freistatt gehört. Wir geben zu, daß wir damit in der Vergangenheit Probleme hatten, aber das liegt nun hinter uns. Man braucht sich nur die große Menschenmenge anzusehen, die sich täglich versammelt, um dem Hängen und Pfählen beizuwohnen, um zu sehen, daß die Bürger Freistatts Gesetz und Ordnung unterstützen. Als Ergebnis des neuen Antiverbrechensprogramms des Statthalters können wir stolz berichten, daß die tägliche Verbrecherrate in Freistatt letztes Jahr nicht größer war als in Städten von der doppelten Größe.*

## ZUSAMMENFASSUNG

*Hier in Freistatt bietet sich dem Vorausdenkenden DIE Gelegenheit. Jetzt ist die Zeit gekommen, etwas zu unternehmen. Jetzt, da der Wert allen Besitzes ins Bodenlose stürzt, wo Wirtschaft und Bevölkerung kläglich dastehen. Wo wäre es klüger, Geld, Energie und Leben zu investieren, als in dieser rasch wachsenden Stadt der Zukunft? Selbst unsere schlimmsten Kritiker anerkennen die Möglichkeiten, die in Freistatt stecken, wenn sie schreiben: »Eine Stadt, in der es nur noch aufwärts gehen kann!«*

# Zum Wilden Einhorn

Im verrufensten Viertel von Freistatt, mitten im Herzen des Labyrinths (wenn auch nicht in seinem genauen geographischen Zentrum) liegt das Gasthaus »Zum Wilden Einhorn«. Jedermann, der erfahren will, was in der Unterwelt von Freistatt vor sich geht, kommt hierher. Sein Besitzer, genannt Eindaumen, weil ihm an der rechten Hand ein Teil des Daumens fehlt, führt hier ein strenges Regiment. Zumindest ist er dafür bekannt, daß er allzu aufsässige Betrunkene vor die Tür setzen läßt und darauf achtet, daß die Leute von der Straße seine Stammgäste nicht allzu sehr belästigen. So hält er in diesem Bezirk wenigstens einen Anschein von Recht und Ordnung aufrecht – was nicht heißt, daß nicht auch Eindaumen seine Finger in manchen krummen Geschäften hat.

Eindaumens Geschäftszimmer liegt direkt neben der Gaststube, die er durch einen Einwegspiegel überblicken kann. Von dort aus ist es auch nicht weit zum Hinterausgang, was mitunter recht nützlich sein mag. Neben der Küche im Erdgeschoß führen separate Treppen zu weiteren Vorratsräumen und Eindaumens Wohnquartieren und zu den Gästezimmern im Obergeschoß empor. Diese sind zwar klein und stickig, aber sie haben abschließbare Türen, die auch verschlossen bleiben, wenn der Mieter es will. Und was hinter diesen Türen vor sich geht, geht niemanden etwas an.

Eine genaue Karte des Labyrinths, die die Lage des »Wilden Einhorns« zeigt, ist im Band 2 der Serie, *Der Blaue Stern* (Bastei-Lübbe Fantasy 20091), enthalten.

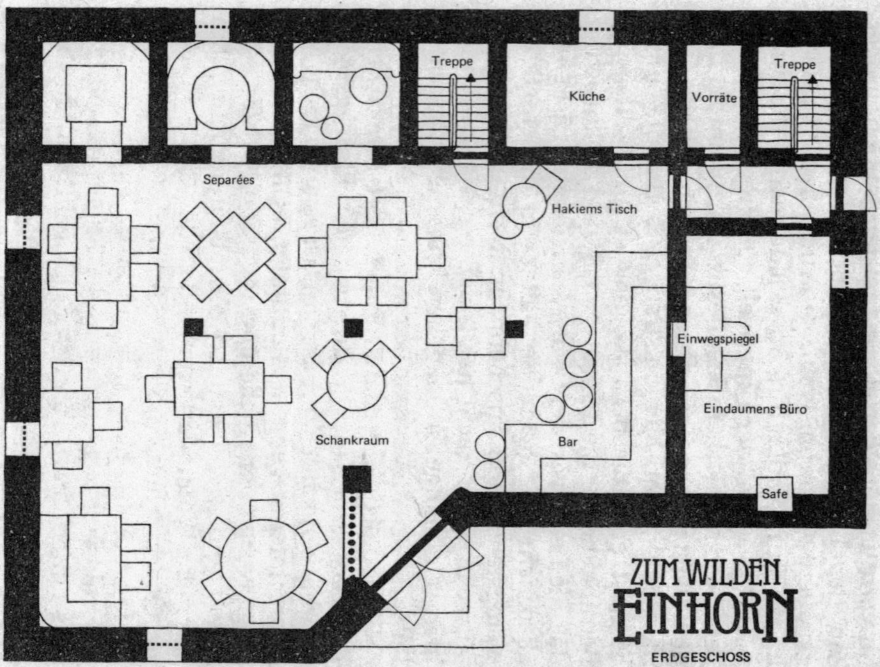


ZUM WILDEN
EINHORN
ERDGESCHOSS

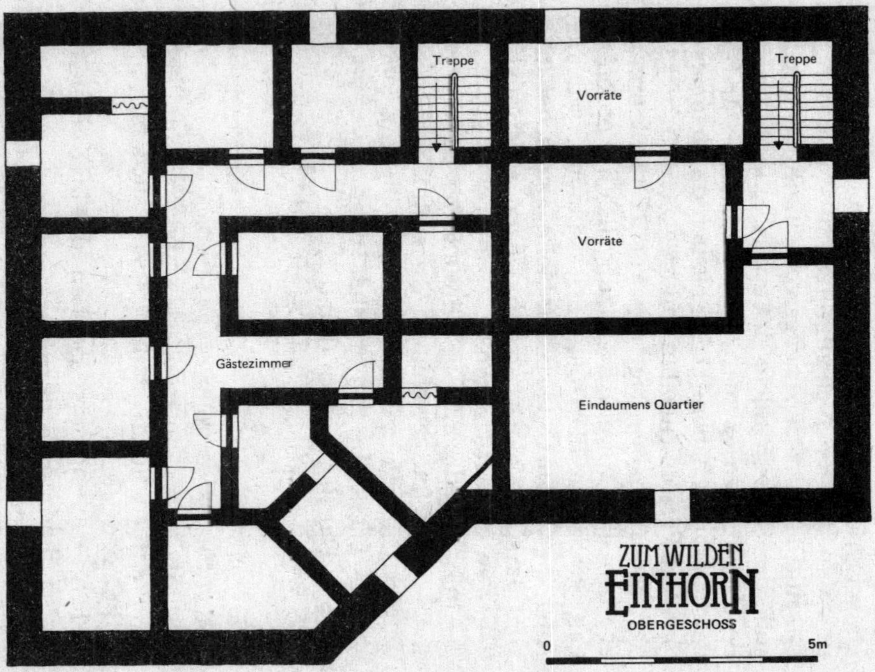
Treppe
Vorräte
Treppe
Vorräte
Gästezimmer
Eindaumens Quartier
ZUM WILDEN
EINHORN
OBERGESCHOSS
0
5m

# Personenregister

Die folgende Auflistung mit sämtlichen Hauptfiguren und den meisten Nebenfiguren, die bislang in den Geschichten aus der Diebeswelt eine Rolle spielten, soll die Übersichtlichkeit etwas erleichtern; die Beschreibungen können dabei natürlich nur Stichwortcharakter haben. Dabei bleiben durchaus einige wichtige Persönlichkeiten von Freistatt unberücksichtigt, weil sie im bisherigen Geschehen nicht unmittelbar betroffen waren. Ergänzungslisten werden von Fall zu Fall in den folgenden Bänden erscheinen. Auch die Götter von Freistatt bleiben zunächst außen vor, da sie in einem späteren Band noch ausführlicher vorgestellt werden.

Am Ende jedes Eintrags wird auf den Band verwiesen, in dem die jeweilige Figur erstmals vorgestellt wurde. Die Abkürzungen bedeuten im einzelnen:

DF = Die Diebe von Freistatt (Band 1)
BS = Der Blaue Stern (Band 2)
WE = Zum Wilden Einhorn (Band 3)

*Ahloo shik Mhanukhee* – ein reicher Händler in Freistatt. (BS)
*Alten Stulwig* – ein Apotheker und Heilkundiger im Westviertel von Freistatt, der sich auch mit Giften und Gegengiften auskennt. (WE)
*Ambutta* – ein junges Mädchen, das Nachrichten für Myrtis überbringt. (BS)
*Amoli* – Herrin der Goldenen Lilie (auch als Liliengarten bekannt) und nach Myrtis die einflußreichste Madame in der Straße der Roten Laternen. Sie bindet ihre Mädchen an sich, indem sie sie mit der seltenen Droge *Krrf* süchtig macht. Sie legt Wert darauf, daß

ihr Etablissement nicht mit der »Schlüpfrigen Lilie« im Labyrinth verwechselt wird, obwohl das Gerücht umgeht, daß sie in Wirklichkeit Besitzerin beider Bordelle sei. (BS)

*Antelope* – junger Sohn der S'danzo-Seherin Mondblume. (WE)

*Arman* – einer der Höllenhunde der Elitegarde des Statthalters. Als jüngerer Sohn eines armen Adligen ist er arrogant – und folgt Befehlen nur widerwillig, aber er ist dem Prinzen treu ergeben. (DF)

*Athavul* – ein junger Dieb, geht immer in Schwarz gekleidet; auffällige Erscheinung. (WE)

*Aye-Gophlan* – ein Freistätter, der es bis zum Offizier in der rankanischen Armee brachte, aber immer noch ein geschickter Dieb. Er ist in einer Wachstube an der Hauptstraße stationiert. Als alter Veteran ist er dem Reich und dem Prinzen – relativ – treu. (DF)

*Bercy* – ein junges Mädchen, das von Rabben Halbhand mit einem Zauber belegt wird, um Lythandes magisches Geheimnis auszuspionieren. (BS)

*Bourne* – ein großer, braunhaariger Mann mit buschigem Vollbart; begierig, seine soziale Stellung zu verbessern, ließ er sich in eine Intrige gegen den Prinzen verwickeln, die mit Hilfe Hanse Nachtschattens aufgedeckt wurde. Dies kostete ihn seine Stellung unter den Höllenhunden. (DF)

*Cappen Varra* – fahrender Sänger, aus Caronne gebürtig, mit einem gewissen Geschick mit dem Rapier und einer Schwäche für Frauen. Saufkumpan Jamies des Roten. (DF)

*Cime* – Schwester und Geliebte von Tempus, der lebenden Legende. Sie hat einen Eid geschworen, niemandem etwas schuldig zu bleiben. Ihr einziges Ziel im Leben ist es, Magier zu töten. (WE)

*Corla* – Kamelhändler, wohnhaft in einem Haus am Basar, das an die Palastmauer angrenzt. Dort hält er auch seine jungen Kamele, zum Leidwesen der Nachbarn; er selbst ist völlig geruchsunempfindlich. Der Großteil seiner Tiere ist in den Pferchen am Schimmelfohlenfluß untergebracht. Einer seiner wichtigsten Kunden ist Karawanenmeister Samlor hil Samt. (DF)

*Cusharlain* – in Freistatt aufgewachsener Aurveshaner, Zollinspektor und Freund von Shive, dem Tauscher, und damit sowohl im Sold der Regierung als auch der Diebesgilden. Eine gute Quelle für Informationen über alles, was in Freistatt vor sich geht. (DF)

*Cylene* – eine Prostituierte im Aphrodisiahaus und eine von Myrtis' Vertrauten. (BS)

*Danlis* – Tochter eines hochgeborenen aber armen Adelmanns und Zofe von Lady Rosanda, der Frau Molin Fackelhalters. Sie ist recht intelligent und liebt es, andere Leute zu manipulieren. (DF)

*Dubro* – der große, ruhige Schmied des Basars und Beschützer Illyras. (DF)

*Enoir* – Aufseher Lastels. (BS)

*Eindaumen* – der Wirt der Kneipe »Zum Wilden Einhorn« im Herzen des Labyrinths, ein großer, kräftiger Mann, dem ein Daumen an der rechten Hand fehlt. Nur der Magier Mizraith, der ihn durch einen Zauber schützt, weiß, daß Eindaumen ein Doppelleben führt: Als Lastrel hat er ein Haus im Juweliersviertel, das durch unterirdische Gänge mit Amolis Liliengarten in Verbindung steht. Er hat auch seine Hand im *Krrf*-Drogenhandel und anderen illegalen Geschäften. (BS)

*Eevroen* – trunksüchtiger Ehemann Mashas. (BS)

*Enas Yorl* – einer der mächtigsten Magier des rankanischen Reiches. Erkennbar nur an seinen rot leuchtenden Augen, da er durch einen Fluch, der auf ihm liegt, in unregelmäßigen Abständen seine Gestalt wechselt. Er lebt in einer palastartigen Residenz unterhalb der Pyrtanisstraße im Juweliersviertel, die, wie es heißt, von Basilisken bewacht wird. (DF)

*Gage* – zungenloser Eunuch, der Amoli gehört. (BS)

*Gelicia* – Madame des Hauses der Nixen, eines gutgehenden, exotischen Bordells in der Straße der Roten Laternen. Sie gehört zu den Anhängern von Madame Myrtis, und sie ist immer auf der Suche nach neuen und ungewöhnlichen Talenten. (DF)

*Gonfred* – der einzige ehrliche Goldschmied in der Stadt. (WE)

*Haakon* – ein Süßigkeitenverkäufer im Basar, beliebt bei den Händlern ebenso wie bei den Käufern. (WE)

*Hadoo* – dreijährige Tochter von Masha. (BS)

*Hakiem* – der Geschichtenerzähler, der überall gern gesehen oder zumindest geduldet ist. Er verkauft seine Geschichten für Kupferstücke jedem, der sie hören will. Darüber hinaus hört er auch sehr viel, was ihn zu einem wertvollen Spion für Jubal macht. (DF)

*Hanse Nachtschatten* – ein junger, dunkelhaariger, außergewöhnlich geschickter Dieb, stets dunkel gekleidet und mit mindestens einem halben Dutzend Messern bewaffnet. (DF)

*Hazroah* – Hoheflamen im Tempel des Gottes Ils. (DF)

*Illyra* – eine junge Seherin, die die Vergangenheit und Zukunft aus den Karten liest. Da die S'danzo-Zigeuner sie als Halbblut verachten und die anderen ihr als S'danzo mißtrauen, ist sie so etwas wie eine Ausgestoßene. Sie hat ihren Stand im Basar und lebt mit dem Schmied Dubro zusammen. (DF)

*Jacob* – Obstverkäufer im Basar. Obwohl er blind ist, hat er immer die besten Früchte. Dies liegt an seiner Vielzahl von Kontakten mit anderen Händlern. Sein Nebenerwerb ist Erpressung, wozu er sich eine regelrechte Armee von Gassenjungen hält. (WE)

*Jamie der Rote* – ein rothaariger, bärtiger Barbar aus den Bergen des Nordens, von königlicher Abstammung. Er lebt mit seinen beiden Geliebten, auf die er sehr eifersüchtig ist, in einem Appartement im Juweliersviertel, wenn er nicht gerade auf Sauftour ist. (DF)

*Jarveena* – ein dünnes, dunkelhaariges Mädchen mit vielen sichtbaren und einigen unsichtbaren Narben im Dienste Meister Melilots. Sie hatte sich der Rache an den Banditen verschrieben, die ihr Heim im Dorf Holt zerstört und sie vergewaltigt hatten. Dieses Ziel hat sie mit Hilfe Enas Yorls erreicht. (DF)

*Jubal* – ein riesiger Neger, ehemaliger Sklave und Gladiator, der ungekrönte König der Unterwelt von Freistatt. In den meisten illegalen Geschäften der Stadt, einschließlich des *Krrf*-Drogenhandels, hat er seine Finger. Er hält sich eine Truppe von Schergen, die man nach ihrer Verkleidung die Falkenmasken nennt. Außerdem verfügt er über ein dichtgeknüpftes Netz von Spionen. (BS)

*Jutu Stulwig* – ein Kräuterhändler, der vor vier Jahren auf geheimnisvolle Weise ermordet wurde. Vater von Alten Stulwig. (WE)

*Kadakithis, Prinz* – Statthalter von Freistatt, jung, idealistisch, aber nicht dumm. Er weiß genau, warum er hier ist, weil sein Onkel, der Kaiser von Ranke, ihn aus dem Weg haben wollte. Er ist fair, wenn er kann; seine Feinde haben ihm wegen seiner diplomatischen Art den Namen »Kittycat« gegeben. (DF)

*Kalem* – ein riesiger Eunuch, der als Wächter und Rausschmeißer im Liliengarten beschäftigt ist. (BS)

*Kemren, der Purpurmagier* – ein sehr mächtiger Zauberer, ursprünglich von Sarranpip abkömmlich, lebt (wenn er nicht gestorben ist) auf der Insel Shugthee im Schimmelfohlenfluß westlich von Freistatt. Sein gewaltiger Schatz auf der Insel wird, heißt es, von

Spinnen und anderen Monstern bewacht. Mit der Stadt verkehrt er nur durch seine wilden Raggah-Diener, den Nomaden der Wüste. (BS)

*Kheem* – fünfjährige Tochter Mashas. (BS)

*Kilite* – oberster Berater des rankanischen Kaisers. (DF)

*Klauer Eidschwörer* – Dieb, Lehrmeister Hanses, für seine Taten gehenkt. (DF)

*Kodrix* – cirdonische Adelsfamilie, der Samlor hil Samt und Samlane angehören. (WE)

*Lastrel* – Deckname Eindaumens im Juweliersviertel. (BS)

*Lirain* – eine der sieben Konkubinen von Prinz Kadakithis. Ihre Intrige gegen den Prinzen wird von Hanse Nachtschatten aufgedeckt. (DF)

*Looza* – eine Nachbarin Mashas. (BS)

*Lycansha* – eine zungenfertige Caditerin, Prostituierte im Haus der Nixen. (DF)

*Lythande* – Pilgeradept, erkennbar an dem blauen Stern auf der Stirn. Wie bei allen Mitgliedern dieser Sekte liegt Lythandes Geheimnis ihrer Macht in einem Geheimnis, das niemand entdecken darf. Sie ist auch dafür bekannt, niemals in der Öffentlichkeit Speise oder Trank zu sich zu nehmen. (BS)

*Malm* einer von Walegrins Söldnern. (WE)

*Markmor* – ein Zauberer, den Mizraith für den zweitmächtigsten Magier in Freistatt hält. (BS)

*Marype* – jüngster und ehrgeizigster Sohn des Zauberers Mizraith. Konsipiert insgeheim mit Markmor. (BS)

*Masha zel-Ineel* – eine kleine, drahtige Frau, eine gute Hebamme, die auch falsche Zähne und Schmuck herstellt. Sie lebt mit ihrer Mutter Wallu, ihrem immer betrunkenen Gatten Eevroen und ihren zwei kleinen Töchtern im Labyrinth. Ihre Eltern waren einst reiche

Kaufleute, und selbst jetzt sieht man ihr die bessere Herkunft noch an. (BS)

*Melilot* – ein dicker, dunkelhaariger, schmieriger Eunuch, der sich auf Fälschungen, Erpressung und Übersetzungen spezialisiert hat. Er hat ein eigenes Skriptorium im Hauptviertel und eine Schar von Angestellten. Aufgrund früherer Verdienste ist er auch Hofschreiber des Statthalters. (DF)

*Mernorad, Doktor* – ein Arzt, der Samlane, Reglis Frau, bei ihrer Schwangerschaft beistand. (WE)

*Mignureal* – dreizehnjährige Tochter der S'danzo-Seherin Mondblume. (WE)

*Mikkun* – ein erfolgreicher Fleischhändler mit einer großen Kundschaft. (BS)

*Mizraith* – einer der mächtigsten Magier von Freistatt. Er verläßt selten sein Haus. Sein Spezialgebiet sind langdauernde Bannflüche, für die er die Kräfte anderer, geringerer Magier anzapft. Er hat drei Söhne, von denen einer, Marype, heimlich mit seinem Erzrivalen Markmor paktiert. (BS)

*Molin Fackelhalter* – Hohepriester und Baumeister des Gottes Savankala. Er wurde mit Kadakithis nach Freistatt entsandt, um den rankanischen Göttern Tempel zu errichten. (DF)

*Mondblume* – die einzige S'danzo, die mit Illyra befreundet ist. Sie ist eine Seherin, wenn auch nicht so gut wie Illyra, und kann die nahe Zukunft nicht vorhersehen. Sie ist füllig, wie die meisten S'danzo-Frauen. Hanse Nachtschatten fragt sie oft um Rat. (DF)

*Mor-Am* – käuflicher Killer, bildet ein Team mit seiner Schwester Moria. Steht im Dienst Jubals. (BS)

*Moria* – Schwester und Gefährtin Mor-Ams. (BS)

*Mungo* – ein Straßenjunge, Anführer in Rachezügen und Bandenkriegen. (BS)

*Myrtis* – die einflußreichste Madame der Straße der

Roten Laternen. Ihr gehört das Aphrodisiahaus, das feinste Bordell von Freistatt. Sie ist so alt wie Lythande und wird durch deren Kunst jung erhalten. Das einzige Zeichen ihres Alters ist ihr graues Haar. Myrtis läßt sich nicht länger mit Kunden ein, außer besondere Umstände erfordern es. (BS)

*Nadeesha, Doktor* – ein Arzt, der sich auf Krankheiten der Reichen spezialisiert hat. Zieht oft Masha als Hebamme zu Rate. (BS)

*Nemis* – ein Kräuterheiler, der manchmal von Alten Stulwig empfohlen wird. (WE)

*Nestaph* – einer der drei Söhne des Zauberers Mizraith. (BS)

*Perlschimmer* – eines der Mädchen von Jamie dem Roten. (DF)

*Quag* – einer der Höllenhunde, ein älterer, gesetzter, zuverlässiger Mann. (DF)

*Rabben Halbhand* – ein Magier und Adept des Blauen Sterns, der seinen Namen dadurch erhielt, daß er im Kampf mit Lythande zweieinhalb Finger verlor. (BS)

*Ran-tu* – ein Anführer der Straßenjungen und Taschendieb. (DF)

*Razkuli* – der jüngste der Höllenhunde, dunkelhaarig, schlank und schnell mit dem Schwert bei der Hand. Hält sich auf seine Kunst im Bogenschießen viel zugute. (DF)

*Regli* – rankanischer Aristokrat und derzeitiger Meister der Schriftrollen in Freistatt. Jung, affektiert und arrogant. (WE)

*Rosanda* – blonde, feine, etwas dümmliche Gemahlin Molin Fackelhalters. (DF)

*Runo* – einer von Walegrins Söldnern, im Labyrinth ermordet. (WE)

*Saliman* – Unterführer Jubals und Chef seiner Spionagetruppe. (BS)

*Samlane* – cirdonische Adlige, Schwester von Samlor hil Samt und Frau von Regli. (WE)

*Samlor hil Samt* – Karawanenmeister cirdonischer Abkunft, ein hervorragender Fechter, der sich auf kleinere magische Tricks versteht. Kommt nur selten nach Freistatt, da er im allgemeinen die Route durch die nördlichen Berge vorzieht. (WE)

*Schmetterling* – eines der Mädchen von Jamie dem Roten. (DF)

*Shive der Tauscher* – einer der bekannteren Geldwechsler, Pfandleiher und Hehler im Basar. Er steht auf gutem Fuß mit Cusharlain, dem Zollinspektor. (DF)

*Shkeedure sha-Mizl* – ein Großgrundbesitzer, der mehrere Wegstunden außerhalb der Stadt wohnt. (BS)

*Shmurt* – Hausmeister des Gebäudes, in dem Masha wohnt. Sehr mißtrauisch gegenüber Fremden. (BS)

*Smhee* – ein Priester einer ausländischen Göttin, Weda Krishtawn, der den Purpurmagier sucht. Klein von Statur, ist er leicht zu erkennen an dem Gestank von ranziger Butter, mit der er sich aus religiösen Gründen salbt. (BS)

*Stefab* – einer der drei Söhne des Zauberers Mizraith. (BS)

*Taya* – eine von Prinz Kadakithis' Konkubinen. Sie ist jung, hübsch und, obwohl immer von mindestens einem Leibwächter begleitet, gutaussehenden jungen Männern gegenüber nicht abgeneigt. (DF)

*Tempus Thales* – der neueste Höllenhund und eine rätselhafte Gestalt, die ihr Leben ganz in den Dienst Vashankas, des rankanischen Kriegsgottes gestellt hat. Er ist ein Riese von einem Mann, mehr als drei Jahrhunderte alt und besitzt die Fähigkeit, seine Wunden zu heilen und seine Gestalt zu tarnen, daß man ihn nicht erkennt. Er hat einen besonderen Haß auf Jubal und verachtet alle Magier. (WE)

*Walegrin* – ein Söldnerführer, Halbbruder der Seherin Illyra. Ihr Vater wurde von den S'danzo verflucht, weil er sich mit einer von ihnen eingelassen hatte, und Walegrin glaubt unter demselben Fluch zu stehen. Er ist groß und bleich und wirkt sehr barbarisch vom Äußeren. (WE)
*Wallu* – fünfzigjährige Mutter Mashas. (BS)
*Zalbar* – Hauptmann der Höllenhunde und dem Reich treu ergeben. Er ist ein Ehrenmann, und selbst seine Liebe zu Madame Myrtis läßt ihn in seinem Urteil nur wenig schwanken. (DF)
*Zweidaumen* – ein Ausschank, der Eindaumen im »Wilden Einhorn« vertrat, als dieser verschwand. Auch bekannt als Buboe. (WE)